Tatematsuri 奉
illust. mmu
JN105282
無能と言われ続けた魔導師、
実は世界最強なのに
幽閉されていたので自覚なし
5

CONTENTS

Presented by TATEMATSURI

Munou to iwaretsuzuketa Madoshi jitsuha
Sekai saikyo nanoni
Yuhei sarete itanode Jikaku nashi

無能と言われ続けた魔導師、実は世界最強なのに幽閉されていたので自覚なし 5

奉

イラスト／mmu

プロローグ

炎華だ。

大地を灼いて、焼いて、咲き誇るのは焔だった。

美しい花々は灰となり、青々とした草原は金色の絨毯のように燃え盛っている。

死だけが溢れる異様な光景だ。

そんな地獄の炎が渦巻く場所で、二人の人物が向かい合っていた。

どちらも泰然としている。

力んだ気配もなければ、気負った様子もない。

一人は額に二本の角を持つ巨軀の男。

対峙するのは黒衣の少年で、顔の左半分は仮面に覆われていた。

巨軀の男の首には彼の存在を示す数字が刻まれている。

廃棄番号と呼ばれるものだ。

そんな男の正体は魔族——魔都ヘルヘイムから追放された存在。

対するのは得体の知れない黒衣の少年。

「その程度の実力で〝魔法の神髄〟を名乗るのかよ」

「そうだ」

臆することもなく、大胆不敵な態度でアルスは肯定する。

「本当に生意気な小僧だ。貴様に敗北を教えてやろう」

「ああ、頼むよ——お前には期待している」

「なに？」

怪訝そうに魔族の男が眉を顰めれば、少年は楽しげに両腕を広げる。

「オレが知らない——」

堪えきれないとばかりに、少年は獰猛に口角を吊り上げる。

——魔法を聴かせてくれ。

第一章 滞在

〝魔都ヘルヘイム〟と呼ばれる都市は、〝失われた大地〟を冒険する者たちにとって唯一の希望の光だ。

双子山の麓に築かれたこの大都市は、その堅固な城壁によって魔物たちを跳ね返し、美しい街並みを守っていた。

ヘルヘイムを見下ろす高台には、魔都の支配者である女王ヘルが住む宮殿がそびえ立っている。また魔法都市に匹敵するほどの軍事力を保有していることから、魔族が憎かろうとも他種族が魔都で問題を起こすことは少ない。

そのため街の空気は穏やかで、先日起こった〝魔物行進(モンスターパレード)〟の影響など微塵(みじん)も感じられない。

まるでその出来事がなかったかのように、人々は日常を取り戻していた。

人族など魔族以外の住人が利用する宿屋も、通常通りに営業を続けている。

そこには〝魔物行進(モンスターパレード)〟を食い止めた立役者――アルスたちもまた宿泊していた。

「おはよう」

朝食を摂(と)るために宿屋の食堂に姿を現したアルスは、先に席についていたカレンたちに挨拶をする。

「おはよう」

手を挙げて真っ先に反応したのはシオンだ。

柔らかな髪は綺麗に整えられており、その毛先が軽やかに揺れ、光を受けるたびに微かに桃色に輝いている。

彼女の顔立ちは、端正でありながらも独特の魅力を持っている。

深い翠色の瞳、その目元にある涙黒子が彼女の容貌に独特で夢幻的な雰囲気を与えていた。その口元は柔らかく、微笑むと優雅な笑顔が浮かび上がり、深い知性と品格が現れている。

ただし、そんな官能的な美しさを持っているシオンだが、これから少しばかりその魅力は半減してしまうかもしれない。その細い身体のどこに入るのか、相変わらず彼女の前には大量の食事が置かれていたからだ。

シオンが短い挨拶を残して食事に戻っていけば、呆れた様子でシオンを見ていたカレンの視線がアルスに向けられる。

「あら、おはよう。今日も遅くまで寝ていたわね」

カレンの瞳は、深紅の宝石のような柔らかい輝きを放っている。

その眼差しは情熱に満ち、周囲の空気さえも熱く染め上げるかのようで、完璧に整った顔立ちと相俟(あいま)って、鋭利な輪郭は芸術的な美しさを持っていた。彼女の紅色の唇は微笑むと、まるで鮮やかな薔薇(ばら)の花びらのように優美に開き、その魅力は老若男女関係なく心を打つものだろう。

「なにもすることがないからな」

アルスは苦笑で答えた。

既に白狼(フェンリル)との戦いから一週間が経過している。

白狼(フェンリル)を退けたアルスたちは、〝魔都ヘルヘイム〟に帰還した途端に閉じ込められてしまった。

別に悲観的な理由からではない。

〝魔物行進(モンスターパレード)〟を食い止めた功労者を称賛するための祝賀会を開くと、魔都の上層部よりお達しがでたからだ。

また、祝賀会が開催されるまで、魔都での滞在費用などは全て魔都が負担してくれている。だから急いで魔法都市に戻る必要もなかったアルスたちは依然として魔都に滞在していた。

「確かに一週間は狩りが大好きなアルスにとったらキツイかもね」

最初こそ物珍しさから魔都の観光を楽しんでいたアルスだったが、一歩も外にでられないとなると苦痛に感じ始めてしまい、今では不満そうな表情を隠そうともしなかった。

「まあ、仕方ない……それで、ユリアたちは何処に行ったんだ？」

「お姉様ならエルザと一緒に買い物に行ったわよ」

「こんな朝早くからか？」

「何か欲しいものでも見つけたのかもしれないわね」

〝失われた大地〟の高域に存在する魔都には珍しい物が集まる。

だから、女性陣はアルスのように一週間程度の滞在で音を上げることもなく、魔都での逗留を各々が好きなように楽しんでいるようであった。

「有名なところで言えば魔導書と魔法書かしらね」

代表的な物とすれば先人が〝失われた大地〟に遺した魔導書や魔法書などだ。

魔導書は技術的な記述があるのに対して、魔法書はかつての偉人が付与した魔法が記載されている。魔法書に自身に合う魔法があれば授かることができると言われていた。

他にも珍しい食材や素材などが魔都に集まることから、魔都の支配者である女王ヘルは莫大な財を築いている。

魔族と言っても生活の営みは人族と変わりなく感性も非常に似通っている。

だから、お洒落な店舗もあれば、いかにも怪しげで奇抜な店もあったりして実に千差万別の街になっていた。たまに冒険者向けとして早朝から安売りや、目玉商品が販売されたりするので、太陽が昇りきる前から買い物にでかける者は多い。

アルスも最初こそ物珍しさから魔都で散策をしていたが、滞在三日目を過ぎる頃には飽き始めて、今日のように別行動も珍しいものではなくなっていた。

「ユリアの欲しい物か……特に思いつかないな」

あまり物欲というものがユリアにはない。

贅（ぜい）を凝らした食事や、豪華な装飾品にも彼女は興味を示すことはなかった。

少なくともアルスの前で散財している姿は見たことがないのだ。

他人（アルス）のお金なら散々な使い方をすることもあるが……基本的にユリアは倹約家と言ってもいいだろう。

「うちは弱小国だったけど、歴史だけは古いから貴重な宝石とか沢山あったの。だから、目が肥えているせいで大抵の宝石じゃお姉様の心を奪えないわね。だから、そっち方面で散財することはないわよ」

見た目は淑女然としているユリアだが、意外と性格は抜け目ない。

だから、ヴィルート王国の王城が陥落する前に貴重品の類は安全な場所に移している可能性が高い。そういった品々を今も隠し持っているとするなら、彼女が満足できるような宝飾品と出会うことはまずないだろう。

「だけど、魔都は珍しい物で溢れてて見てるだけでも楽しいわ。お姉様のことだから散策してるだけの可能性も高いわね」

「ユリアは景色とか見たりするのが好きだからな」

「そうよ。だから、それよりも心配なのは、魔族に絡まれたりしないかってことね。お姉様って美人すぎるから種族問わず声をかけられるもの。ここは魔法都市と違って魔都だから心配だわ」

傾国の美女とも言える美貌を持つユリアは自身の容姿に無頓着だ。

肌の手入れなどは欠かしていない様子だが、化粧品など特に拘り（こだわ）があるわけでもない。

そもそも化粧品の類が必要なのかどうかも怪しい。

ユリアの場合、最低限の化粧であっても誰もが振り返る容貌をしているのだ。

魔法都市に来て間もない頃の話だが、〈灯火の姉妹（ヴィルート・シュヴェスター）〉の掃除をしていた時、飽きてきた女性陣が水で遊び始めたのだが、その中にはユリアの姿もあった。

水濡れ（みずぬ）になったことで皆が着替えや、化粧をし直そうとした時に事件は起きた。

タオルで顔を拭いたユリアの素顔を見た誰もが戦慄する。

変化がなかったからだ。

つまり、素顔。

ユリアは化粧など一切していなかったのである。

〝ヴィルートギルド〟の女性陣が嫉妬と羨望を一斉に向けたのは言うまでもない。

「ユリアの実力なら魔族が相手でも後れを取ることはないだろ」

魔都は魔族、獣族――亜人と呼ばれる種族が主に住んでいる。

魔族が支配する場所なだけあって、人族の姿は冒険者以外ではあまり見受けられない。

「かもしれないけど……それでも彼らは高域で生きていけるだけの実力はあるの。決して油断していい相手ではないわ」

魔都が有名なのは魑魅魍魎が跋扈する〝失われた大地〟の高域にあるからだ。

そんな過酷な環境下で生活を営んでいる魔族の実力は総じて高い。

かつて、人族を含めた人類は様々な手法で〝失われた大地〟に移住しようとしたが失敗した。世界中の国家が失敗する中で、魔族だけが巨大な都市を築いて繁栄を謳歌する。

簡単ではなかったはずだ。

けれど、紆余曲折あったが、その苦労が報われて、今では様々な遺産で溢れる〝失われた大地〟の恩恵を一身に受けることが可能になった。

同時に人類が魔族に対して引け目を感じるようになった瞬間でもある。

「油断はできない、か……」

「ええ、魔都の法は魔族が優先される。難癖つけられて女王の親衛隊にでてこられても困るから、変なのに絡まれないことを祈るしかないわ」

「ユリアは自分から問題は起こすとは思えないけど、レギとシギはどうだろうな」

仲の良いドワーフ姉妹の名を告げられたカレンは不安げな表情を浮かべた。

「あぁ……うーん、魔都には珍しい素材とかも集まったりするからなぁ。確かにお姉様よりもあの二人のほうが問題起こしそう」

レギとシギはカレンが率いる〝ヴィルートギルド〟と提携を結んでいる〝ブロウバジャーギルド〟のレーラーだ。しかも、地下から出てくることが珍しい種族、ドワーフでもあった。更に二人は双子の姉妹で、これまた珍しいことに二人でギルドのレーラーを務めている。

「生産を生業にしてるなら魔都は天国だろうしな。レギとシギなんて毎日飽きもせずに朝から出かけてたからな」

彼女たちは竜の街アルタールで店舗を構えており、主に女性向けの武具や化粧品などを扱っていた。そのため素材などを安く仕入れるために、毎朝、魔都を駆け回っているのだ。今回の滞在費用が無料となって一番喜んでいるのは双子の姉妹だろうことは確実である。

「シギはどちらかと言えばレギに強制されてって感じだったけどね」

朝の出来事を思い出したのかカレンが苦笑する。

朝食を食べるために一階へ降りてきた時に、テンションが高いレギにシギが連れて行かれるのをカレンは目撃してしまった。気弱とも言うべき性格をしたレギにしては珍しい光景だったのでよく覚えていたそうだ。

「お金の話だとシギが強いんだけど、いつも面倒臭そうにしてるレギは素材が関わると人が変わるのよね。さすがのシギもああなった姉には従わざるを得ないみたいだわ」

レギに振り回されているシギを思い出したのか楽しげに微笑むカレン。

「それにレギも姉っていう意識が強いのか、シギに対してはいつも強気だからね。だから、今日もまた珍しい素材が市場にあるかもって、いつもより騒がしかったわよ」

「なるほどな……あの二人らしい。あと、騒がしいと言えばグリムも見てないな」

会話の途中でアルスの脳裏にとある人物が過った。

アルスが魔都に滞在している一週間、魔王グリムがよく絡んできていた。

毎朝、待ち伏せしていて、朝食を共にすることも多かったのだが、今日は珍しいことにいないようだ。

「それなら、彼女に聞いてみたらどうだ？」

いつの間にか朝食を食べ終えていたシオンが口を開いた。

満腹なのか椅子に背を預けながら、とても満足そうな表情をしている。

そんな彼女が視線を向けている先には、〝マリツィアギルド〟のサブマスターであるキリシャの姿があった。

「カレちゃん、シオちゃん、アルちゃん、おはよう！」

元気いっぱいに挨拶してきたキリシャが空いていた椅子に座る。

キリシャは友人枠に入った者には〝ちゃん〟付けする傾向があるようだ。

また名前も短縮される。もちろん、そこに許可などとっていない。

他の者が挨拶しようとするも、元気いっぱいのキリシャのほうが早い。

「すいません~ん」

背伸びするように手をあげて店員を呼ぶキリシャ。

「焼き魚セットとオレンジジュースでお願いしまーす」

『わかりました』

「ああ、すまない。待ってくれないか」

メモをした店員が去ろうとするのをアルスが止めた。

まだ自分が朝食を食べていないことを思い出して、ついでに注文しておこうと呼び止めたのだ。

「オレはトーストセットと紅茶で頼む」

それから注文の再確認をしてから去って行く店員を見送ると、アルスはキリシャに視線を向ける。

「キリシャ、グリムはどうしたんだ?」

いつもグリムの背中に引っ付いているキリシャが単独行動しているのは珍しい。

グリムも突き放すような口調で煩わしそうにキリシャの相手をしているが、なんだかんだ言って彼女が傍(そば)にいなかったら心配そうな表情をすることを皆が知っていた。

だが、それを茶化す者は誰もいない。グリムが魔王で恐れられているということもあるが、二人の関係性——過去を知れば茶化すようなことではないということを理解しているからだ。

「呼び出されたから宮殿のほうに行ってるよ。堅苦しいのは嫌いだからキリシャだけ宿屋に残ったんだ」

「へぇ、大変ねぇ～」

他人事のように呟いたのはカレンだが、その表情は罪悪感にも似た苦い笑みが広がっていた。そんな彼女に追い打ちを掛けるようにキリシャが、にへらと笑みを向ける。

「カレちゃんたちが全部グリちゃんに押しつけたからねぇ」

キリシャの言う通り、〝魔都ヘルヘイム〟側とのやり取りが面倒だったカレンたちは魔王グリムに全てを押しつけた。ちなみにレギとシギもついでとばかりに便乗している。

現在のグリムは女王との謁見の日取り、祝賀会などの調整を全て一人でやっているのだ。傲岸不遜なグリムにしては珍しく素直に言うことを聞いたのも、アルスたちに色々と借りがあるからであった。

それに面倒という理由だけでカレンたちも、グリムに用事をぶん投げたわけではない。

交渉の相手が魔王となれば、さすがに魔都といえども無茶な要求はできないし、雑な対応をされることもなく足下を見られることもない。

適材適所、女王との交渉には魔王が一番適していたというわけである。

「だって、断ると思ったら素直に引き受けるから……」

ばつが悪そうに目を伏せるカレンに、キリシャは笑顔を向ける。

「グリちゃんは昔から面倒見が良いからね。特に年下には優しくて、頼られると断れない性格なんだよ。これからもどんどん頼って良いよ。文句言いながらも引き受けてくれるはずだから」

別にキリシャは責めているつもりはないようで、素直にそのまま思ったことを口にしているだけのようだ。それから頼んでいた料理が到着すると、キリシャは嬉しそうな表情で黙々と食事を始める。同時にアルスが頼んでいた料理も到着したので彼も食べ始めれば誰も喋らなくなってしまう。

だからと言って気まずいことはなく、周囲の客が奏でる雑音が背景音楽となって、朝特有の穏やかな時間が訪れていた。

やがて、キリシャは満足そうに食事を終えると椅子から飛び降りる。

「ごちそうさま！　それじゃ、ギルドメンバーと遊ぶ約束してるから行ってくるね！」

急に訪れたかと思えば、去るときもまた騒がしい。あまりの勢いに声をかけることもできず、アルスたちは走り去るキリシャの背中を見送ることしかできなかった。

「あの子、凄い勢いで食い逃げしていったわね」

カレンが目を瞬かせながら言ったが、すぐさま無銭飲食にならないことを思い出したようで、続けて口を開いた。

「ああ……そういえば、滞在費用は全て魔都が支払うことになっていたわね」

「もう一週間も経つのにまだ慣れないのか」

シオンが言えば、カレンは肩を竦める。

「そりゃ、無料なんて言われてもね。滞在が長引くほど不安になってくるわよ」

カレンたちは〝魔物行進〟を食い止めたことの礼をしたいと言われて留まっているが、いくら祝賀会の準備中だとしても、一週間はあまりにも長すぎる。

ましてやここは人類の敵と言われる魔族が支配する魔都なのだ。

長引けば長引くほど、何かの罠なのではないかと、カレンが不安がるのも仕方がない。

「せっかくアルスもギルドを設立しようと思ったのに、いつまで経っても帰れないんじゃ嫌になってくるでしょ？」

「それは別にいいんだが、外へ狩りにでられないのが辛いな」

街の散策などは許されているが、外壁の向こう側に行くことは許されていない。

別に逃亡する意思はないのだが、「狩りに行ったまま亡くなる前例があるので」と言われてしまえば納得するしかなかった。

街が平和すぎて忘れてしまいがちだが、〝魔都ヘルヘイム〟は〝失われた大地〟にあるのだ。

過酷な環境下にあるのは事実で、一歩外にでれば命の保証はない。

だから、祝賀会の準備をしているのに、その中心人物が命を落とすようなことになれば、祝賀会は一転してお通夜になるというわけである。

だから、外壁の向こう側にでることは魔都側から許されていない。

「その辺りの許可はグリムにとってくるようにお願いしてるんでしょ？」

「ああ、自信満々に言ってたけどな。許可がとれるといいんだが……」

アルスが不安そうに窓に目を向ければ、太陽が雲に隠れたせいで女王が住まう〈美貌宮殿（シエンベルマ）〉が暗くなっているのが見えた。

＊

〝魔都ヘルヘイム〟の最奥には魔族の繁栄の象徴とも言うべき煌（きら）びやかな宮殿が建っている。

〈美貌宮殿（シエンベルマ）〉と呼ばれる城郭は、高域から深域にかけて連なる双子山の麓に建てられていた。険しい自然に囲まれた美しい要害、その中で宮殿の優美な白亜の外壁の周囲に広がる湖や森林の絶景は〈美貌宮殿（シエンベルマ）〉の主である女王が独占している。

〈美貌宮殿(シエンペルマ)〉の内部に入ると、まず贅沢(ぜいたく)な装飾と美しい絵画が目に飛び込んでくる。

更に金箔(きんぱく)の装飾や燭台(しょくだい)は華やかに彩られ、細部に至るまで職人の技術が結集しており、壮麗で豪華な柱や壁画は見る者全てを魅了する。

そんな女王が住まう宮殿にグリムは来ており、応接室に通されていた。

グリムの対面にあるソファに座るのは二本角を持つ上級魔族。

蓄えられた白髭(しらひげ)、髪もまた白髪で、顔には皺(しわ)があるが膨大な魔力を纏(まと)っているせいか若々しく感じる。

見た目は老人とも言える風貌であるが、鋭利な刃物のように鋭い目は些(いささ)かも衰えておらず、隠しようのない生気に満ちており、また着用された執事服の下にある身体(からだ)は鍛え抜かれていることを想像するのは容易(たやす)い。

「セバス、あんたがわざわざ出迎えてくれるとはな」

グリムは目の前にいる人物に気安く声を掛けた。

しかし、それを許されるのはグリムが魔王だからである。

本来であれば、おいそれと会える人物ではないのだ。

〝魔都ヘルヘイム〟には有名な魔族が二人いる。

一人は当然のことながら絶対女王のヘルだ。

〝魔都ヘルヘイム〟は彼女を頂点とした強固な組織力によって、一筋縄ではいかない魔族

たちが鉄の結束で纏められており、そんな彼らと共に女王は圧倒的な武力を背景に長年の平和を維持してきた。

そんな女王を支えてきたのが、〝魔都ヘルヘイム〟を建国した時から仕えている目の前にいる人物なのだ。

上級魔族のセバス——魔都において女王に次ぐ実力者。

その名は魔法都市だけじゃない。世界中の国々まで轟いている。

彼は政務で女王の補佐をしている。他にも二百年以上にも渡って女王の世話係を務めており、その座を譲ったことなど一度たりともない。女王に刃向かう者には容赦なく、女王の命令であれば自身の命すら捧げるほどの異常な忠誠心を持っている。

しかし、セバスを有名にしているのは女王の補佐を長年務めているからではない。

かつて、〝魔都ヘルヘイム〟を建国した初期の頃、彼は数人の魔王を相手に勝利した実績を持っているからだ。

「グリム様は大事なお客様ですので、他の者に任せることはできません」

顎に蓄えられた白髭を撫でながら、穏やかに微笑む姿からは悪意は感じられない。

まるで心の底から言っているかのように、声音にも淀みは無かった。

けれども、その言葉が本心かどうかはわからない。

セバスは先ほどから微笑を浮かべているだけ、それ以外の感情は存在しないからだ。

相手は動乱の時代を生き延びてきた強者だ。

いくら魔王といえども若輩者に分類されるグリムなどに、感情を悟らせるほど容易な相手ではないだろう。

グリムは嘆息を一つすると、セバスの表情から読み取るのを止める。

「それなら、さっさと祝賀会とやらを開いてほしいところなんだがな。こっちは、いつまで魔都に滞在していなきゃいけねェんだ？」

「今日お呼びしたのは、その件についてです」

セバスは言いながら紅茶を差し出してくる。

いつの間に用意したのか――否、思い返せば、会話をしながらもセバスは紅茶の用意はしていた。しかし、その動作はグリムに違和感すら抱かせなかったのだ。まるで仕草のように自然と紅茶を用意する妙技は、さすが女王の世話係を長年務めているだけあった。

「祝賀会は五日後となりました。招かせていただくギルドは〝マリツィアギルド〟〝ヴィルートギルド〟〝ブロウバジャーギルド〟の三ギルド。それぞれのギルドマスターは必ず参加していただきたい。もし、やむを得ない事情がありましたら前日までに報せていただけると助かります」

「ああ、参加するように他のギルドマスターにも伝えておくよ」

「女王陛下から直接言葉を賜ることになるのでお願いします」

セバスが付け加えてきた言葉に、グリムは嘆息すると先ほどの言葉を修正する。

「必ず参加するように伝えておく」

女王が自ら労いの言葉をかけてくれるのだ。どんな事情があっても不参加などと言えば、魔族たちの怒りを買ってギルドは壊滅させられる。もしくは、不参加を理由に難癖をつけてきて色々と要求をしてくる可能性もあった。

そうなると〝魔都ヘルヘイム〟と敵対することを避けたい魔法協会が守ってくれることはない。

グリムの影響力は低下の一途を辿っていることから、二十四理事たちは嬉々として魔王の座から引きずり下ろそうとするだろうし、カレンやレギたちのギルドは弱小だから、関わりのない者からすれば価値がないに等しい。

だから救いの手が差し伸べられることはないだろう。

だが、優秀な人材が揃っているので、ギルドを一時的に援助することで弱みを握り、引き抜きをしてから潰すという手段はとるかもしれない。

「なにが、やむを得ない事情だよ。どう考えても強制参加じゃねェか、てめェらの言葉は裏を読まないといけねェから、いちいち面倒なんだよ。たまには素直に言えねェのか」

悪態を吐くグリムに対して、セバスが怒ることはなかった。

先ほどから様子は一切変わらない。

セバスは紳士的な笑みを浮かべながら淡々と答えるだけだ。

「性分なもので申し訳ありません。気をつけておるのですが、我々魔族はそうやって生き抜いてくるしかなかったですからな」

かつての魔族は今よりも恐れられてはいなかった。

なぜなら、群れることもなく、知恵をつける前に討伐されてきたからだ。

だが、女王が現れてから全てが変わる。

まず彼女は、個々で暴れるだけであった魔族を一つの種族として纏めて、団結力という名の生存術を授けた。次いで人類に騙(だま)されて利用されるだけであった魔族に知恵を授けて交渉術を身につけさせた。そして様々な経験を積ませて、〝魔都ヘルヘイム〟の発展に役立てると、二百年という歳月をかけて〝魔都ヘルヘイム〟を巨大都市に成長させ、強大な上級魔族たちを配下にして一大勢力を築くまでに至った。

「はっ、魔族の言う暗黒時代か。だから、強くなるためには口が達者になる必要があったって言いたいわけだな」

「はい。必死に生き抜いてきた証(あかし)というわけですな。しかし、昔に染みついた癖というものはなかなか抜けませんな」

楽しげに目尻に皺を作るセバスを、紅茶を飲みながらグリムは睨(にら)みつける。

「そりゃ人類側にも言えるだろうよ。魔族側の視点から見れば確かに暗黒時代だったかもしれないが、数え切れないほどの犠牲をだしたのは人類側も同じ――こっちじゃ災厄の時代だと言われてんだぜ」

魔族が発見されてから今日に至るまで、人類の犠牲は数え切れないほどである。

セバスの主張も間違っていないが、それは魔族側の話であり、逆の視点になれば輝かしい勝利で彩られているわけではなく、人類側もまた血塗れと慟哭の歴史が現れるだけなのだ。

「まあ、今日は歴史の整合性を確認しにきたわけじゃねェからな」

話が脱線していることに気づいたグリムは軌道修正する。

「そちらの要請は理解した。祝賀会を楽しみに待っておくことにするぜ」

「ええ、当日はお願いしますね。それとギルドに所属はしていないようですが、アルス様も参加していただくようにと、女王陛下は仰られました」

「ああー…………」

グリムは言い淀んだ後に眉を顰める。

今回の〝魔物行進〟について魔都に報告はした。

しかし、アルスについては一切報告していない。

だから、グリムは言い淀んだ。

魔都側がアルスのことを知っているのを不思議に思ってしまったからである。

報告しなかった理由は、アルスの力は余計な諍いを生むからだ。

あの少年はあまりにも強すぎる。更にまだまだ底が見えていない。

ギルドに所属していないともなれば、魔都がどういった反応を示すかわからない。

だから、アルスの存在を隠すことにしたのだが、どこから漏れたのかグリムは訝しむ。

「確かにそういった男が〝ヴィルートギルド〟に寄生してるみたいだがな。特に役に立たなかったから呼ばないほうがいいぜ？」

あえてアルスの評価を下げることで、興味を失わせようと思ったが、セバスは首を縦に振ることはなかった。

「女王陛下が興味を示しています。なにより、その者は〝魔法の神髄〟を名乗っているのでしょう？」

グリムは思わず舌打ちをしそうになったが堪えた。

〝魔法の神髄〟は世界最強と目される魔導師だ。

しかし、その正体は誰もわかっていない。

これまで一度も表舞台にでてくることはなかったからだ。

そんな〝魔法の神髄〟が有名になったのは、世界中の国家機密を盗み聞きしたからだ。

彼が現れたのは十年ほど前、僅か二年ほどで世界各国は彼の存在を認識、機密情報を盗まれたことを知り、躍起になって捜索したが見つけることはできなかった。

魔王からも魔法を盗み出すなど大胆不敵な人物に、人々は〝魔法の神髄（ミーミル）〟と名付けて世界最強とまで謳（うた）うようになった。

最近は大人しくなっていたことで、以前ほど騒がれなくなっていたのだが、アルスが名乗りだしたことで再燃し始めている。

アルス本人は〝魔法の神髄（ミーミル）〟を炙（あぶ）り出すために名乗っているらしい。

だが、グリムは彼こそが世間を賑（にぎ）わしている〝魔法の神髄（ミーミル）〟本人だと思っている。

本人なのに偽物を名乗っているというのが非常にややこしい状況を生み出しているのだが、アルスは気づいていないようで頭の痛い問題となっていた。

そもそも、グリムがアルスを〝魔法の神髄（ミーミル）〟と断定した理由は否定できる材料がなかったからだ。

アルスと戦えば理解できるだろう。

きっと〝魔法の神髄（ミーミル）〟であればアルスほどの力を持っているはずだと、同時にアルスのような規格外の人物が二人もいるようには思えなかったからだ。

しかし、別にそれは問題ない。アルスが〝魔法の神髄（ミーミル）〟本人だろうと偽物だろうと、その事実もグリムはどうでもいいのだ。

ただ、アルスと関わったからには放置しておくことはできない。

（借りを返す前に死なれたら困るからな）

と、グリムは心の中で言い訳をする。

キリシャが今のグリムの表情を読み取っていたら、それは建前で照れているだけだと笑われていたことだろう。

だから、そんな建前を口実にして、アルスと戦った後、グリムは〝魔法の神髄（ミーミル）〟の情報をどんな些細（ささい）な噂（うわさ）であったとしても徹底的に集めた。

その結果、〝魔法の神髄（ミーミル）〟の存在を許さない組織がいくつか存在するのを突き止めた。

その代表格と言ってもいいのが〝魔都ヘルヘイム〟だ。

詳細はわからないが、伝え聞いた噂では重要な秘術を盗まれているらしい。

これに関しては世界中に被害者が存在している。

国家規模での被害を受けたのは主に帝国であり、次いで魔法都市と聖法教会だ。

魔都はどれほどの知識を奪われたのか知らないが、〝魔法の神髄（ミーミル）〟の抹殺を〝廃棄番号（アンチテーゼ）〟に課しているという噂もあったりするので、被害国として上位に属しているのは間違いない。そうして世界中の知識を奪い尽くした魔導師は〝魔法の神髄（ミーミル）〟と呼ばれるに至り、本物であろうが偽物であろうが、彼（か）の者を名乗るのは危険なのであった。

そういった経緯もあり、魔都では〝魔法の神髄（ミーミル）〟は禁句に近い。

魔族たちは秘術を盗まれたことを知っていて、女王の怒りが街を震撼（しんかん）させたことを覚えているからだ。

だが、アルスは魔都に入ってから〝魔法の神髄(ミーミル)〟を名乗っていないはずだ。

だから、どこから話が漏れたのかわからないグリムは思考する。

しかし、沈黙が長ければ長いほど認めるようなものだった。

「隠す必要はないでしょう。こちらで調べさせていただきましたし、先日のことですが調査員が直接ご本人に聞いたら認めたようで……」

常に穏やかな表情をしていたセバスの表情が気まずそうに歪(ゆが)む。

悩んでいたグリムを気遣っているのか、セバスの声音はどこまでも優しさに満ちていた。

「何と言いますか……大胆な方だと驚いたものです」

敵地とも言える場所で堂々と名乗るアルスを褒めるべきなのか、愚か者と蔑むべきなのか――アルスをどう評価したらいいのかわからないと言いたげにセバスは苦笑する。

そんな老人の困惑した姿を見たグリムは頭を抱えたくなった。

（あの馬鹿、なにを堂々と名乗ってやがるんだ。〝魔法の神髄(ミーミル)〟が魔都でどう思われてるのか知らねェのか――）

魔王よりも傍若無人な少年の姿を思い出して、グリムは深く嘆息することになった。

（いや、あいつのことだから知らねェんだろうなァ）

頭の中は魔法のことばかり、少しだけ……否、常識も多少欠けていて、周りにいる女性陣は都合の良い知識しか彼に与えていない。

そんなアルスが魔都の繊細な事情を知っているとは到底思えなかった。

「まァ……いいや。考えるのもアホらしくなった。わかった、アルスは必ず参加させる」

グリムはアルスの自業自得という結論を導き出した。

嫌だとかふざけたことを言ったとしても無理矢理にでも祝賀会に参加させることを誓う。

「感謝します。断られたら女王陛下が単独で突撃しかねませんでしたからね」

嬉(うれ)しそうに声を弾ませたセバスは、やがて襟を正すと真剣な目を向けてきた。

「それと一つお伝えしたいことがあります。グリム様、あなたは魔王ですから報せておいたほうがいいと判断いたしました」

「あん？　急にもったいぶってどうした？」

グリムが怪訝(けげん)そうに眉間に皺(しわ)を刻めば、嘆かわしそうにセバスが嘆息する。

「〝廃棄番号(アンチテーゼナンバー)Ｎｏ．Ⅰ(ワン)〟が現れたと知らせがあったのです」

セバスが最後まで言い終えた時、鳴り響いたのは奥歯を嚙(か)み締める音だった。

音の発生源はセバスの目の前――グリムの雰囲気が一変していた。

殺意が溢(あふ)れ出して、部屋の空気をより一層重くしている。

「俺が殺してやるよ。そいつは、どこにいやがる？」

怒りを煮詰めて凝縮したような、どろりとした呪言が吐き出された。

まるで喉元に刃を突きつけられているかのような鋭い視線、目を細めたセバスは重圧に屈することなく首を横に振る。

「申し訳ありません。協力していただけるのはありがたいのですが、正確な場所は未だ摑めていないのです。ただ〝廃棄番号No・Ⅰ〟が高域に現れたと、知らせを先ほど受けたばかりなのですよ」

「そうかい……わざわざ、それを伝えてきたんだ。新しい情報が入ったら教えてくれるんだろうな？」

ここで断りの返事をしようものならグリムは今にも暴れ始めそうだ。

それほど彼の形相は凄まじい怒りを表している。

怒りの理由は勿論セバスも把握していることだろう。

魔王になった時にグリムの素性は物好き共に曝かれているのもあり、ソレについて隠したことはないからだ。

「なあ、セバス、聞いているのか？」

更にグリムからの圧が増したが、その程度で気圧されては女王の補佐など務まることはない。セバスは柔らかな表情のまま鷹揚に頷いた。

「それはもちろん配慮させていただきます。グリム様も自ら足を運んで探したいことでしょうから、女王陛下からは外にでることも許可がでております」

「へぇ、準備万端ってか……でも、いいのか？　祝賀会の前に死なれたら困るから閉じ込めてたんだろ？」

アルスからも外出許可をとってくるように言われていたので願ったり叶ったりの状況だが、アルスの件や〝廃棄番号〟の話を聞かされた今では裏があるようにしか思えない。

「〝廃棄番号〟の話をしたからには、グリム様を留めておけるとは思わなかったので……それに情報を提供しておいて何を言うのかと思われるかもしれませんが、我々としては、魔王であるグリム様を魔都に閉じ込めることによって、魔法協会の印象を悪くするのは避けたいところなのですよ」

グリムはセバスの説明を聞いて白々しいと感じてしまった。

未だに魔王の座にグリムはついているが、その地盤は揺らいでしまっている。

アルスに敗北したことによって、影響力は著しく低下してしまっていた。

魔都でグリムに何かあったとしても、魔法協会は形だけの抗議で終わり、その裏では魔王の席が一つ空いたと諸手をあげて祝杯をあげるはずだ。

そんなわけで、つい先日まで命を狙われていたグリムだったが、今は魔都にいることもあって襲撃は鳴りを潜めている。

もしくは、二十四理事の一人が白狼によって死亡したから、その後釜を狙ってこちらに構う余裕がないだけかもしれないが、兎にも角にも今のグリムの状況はとてもじゃないが魔法協会の援護を受けられるほどのものではなかった。

　だから、そんな事情を把握しているはずのセバスの説明には違和感しかない。

　けれども、〝魔都ヘルヘイム〟側が何かを企んでいるとしても、グリムにとっては悪い話ではないのは確かなのだ。

　少しの間、悩んだ後に、グリムはセバスの話に乗ることにした。

「わかった。もし〝廃棄番号Ｎｏ．Ⅰ〟を見つけたら、俺が処分しても構わねェな？」

　一応は言質をとっておくことにした。

　それに裏で何を考えていようとも、それを粉砕すればいいだけのことだ。

　それだけの実力と戦力をグリムは所有している。

「ええ、構いません。ただ判別できるような状態で死体は持ち帰ってほしいですが、そちらも好きにしてもらっても大丈夫ですよ」

「約束はできねェが……覚えておくぜ」

　グリムは早速行動を開始するべく椅子から立ち上がるも、セバスが手を向けて制止してきた。

「お待ちを。お見送りを致します」

「見送りはいらねェよ。案内も遠慮しておくぜ」

「そうですか、道がわからなかったら近くにいる者に声をかけてください」

　グリムが立ち入り禁止区域に入ったりする可能性など考えれば、自由に行動を許すのは悪手のはずだ。

いくら〝廃棄番号Ｎｏ．Ｉ〟を探すために気が急いているとはいえ、さすがに無茶な要求すぎたかとグリムは思ったのだが、あっさりと許可がでたことで呆気にとられてしまう。

その仕草だけでグリムの考えていることがわかったのか、セバスが苦笑した。

「気にしなくても構いません。禁止区域などに立ち入るにはグリム様お一人では非常に厳しいかと思いますのでね」

生半可な覚悟では突破などできない戦力を配置しているということだろう。

「そうかい、なら、遠慮せずに帰らせてもらう」

グリムは立ち入り禁止区域に興味はあったが、それ以上に関心は〝廃棄番号Ｎｏ．Ｉ〟にあった。それにつまらない理由で揉める必要もないので、グリムは相手の気分が変わらないうちに部屋をでていくことにした。

「それじゃ、失礼するぜ。また何かあったら連絡をくれ」

後ろ手を振りながら部屋をでていくグリム、その背中に向かって頭を下げながらセバスは答えた。

「何か要件がございましたらいつもの手段で連絡させていただきます」

次に頭をあげた時には部屋に残されたのはセバス一人だけだ。

静寂が訪れる。

窓から差し込む光が部屋を柔らかく照らすが、その光景がなぜか静寂を一層深く感じさせた。時折聞こえる外の音が、静かな空間を切り裂くような響きとなっている。

「未だ恨みは消えず、ですか……」

グリムが残していった食器を回収しながら、セバスはぽつりと言葉を零す。

「〝鬼喰い〟、〝魔法の神髄〟、〝廃棄番号〟——あとは〝聖女〟ですか、様々な因果が巡りに巡って魔都に集い始めている。はてさて、どうなるのか見物ですね」

白く染まった顎髭を撫でながらセバスは柔和な笑みを浮かべた。

「それでは女王陛下にご報告といきましょうか、喜んでいただけると良いのですが」

*

〝魔都ヘルヘイム〟は高域三十区の広大な土地を利用して、巨大な都市を築いているのだが、その中には一般の冒険者が立ち入ることのできない区画がいくつか存在する。

魔法の研究を行う区画、〝魔都ヘルヘイム〟で犯罪行為を行った罪人を捕らえておく区画、また世界各国に貸し出している区画があったりと、様々な用途に分けられて専用の区画が用意されていた。

その一つの区画をユリアはエルザと共に訪れていた。

エルフ特別区画。

聖法教会が多大な資金を支払うことで、〝魔都ヘルヘイム〟の区画を借り受けている場所だ。

そして女王ヘルから許可を得て、エルフのみが住居を構えることが許されている。

ユリアは豪華な屋敷の前で足を止めると、その外観を一瞥した後に隣に立つ青髪の美女に目を向けた。

「エルザ、ここで良いのですか？」

「はい。ここに彼らがいるはずですが……」

「隠れる必要もないのでしょうね」

ユリアが周囲を見回せばエルフの姿を多く認めることができた。

魔法都市でも滅多に見られないというのに、〝魔都ヘルヘイム〟のエルフ特別区画では日常の風景に溶け込んでいる。

聖法教会の本拠地〝大森林〟でもなければお目にかかれない貴重な光景であった。

なぜならエルフは他種族と関わることを嫌う。

エルフこそが至高であり至上であると考えているからだ。

けれども、その傲慢な態度を誰もが当然の事として受け入れている。

生まれ持った強大な魔力、華奢のようでいて強靭な肉体、どの種族よりも圧倒的な力を持って誕生するのがエルフだからだ。

たまに差別をなくし共存共栄を是とする変わり者のエルフが生まれたりするが、そんな聖人君子であっても無意識に他種族を見下している者は多い。

そんな彼らが大挙して押し寄せているのが魔族の都市――誰もが目を疑うような光景だろう。

魔法都市には、ほとんど寄りつかず、竜の街であってもこれほどの数は存在しない。

これ以上のエルフを見ようと思ったら〝大森林〟に行くしかないだろう。

なのに、世界中で最も差別を受けていると言っても過言ではない魔族の街に、エルフの移住者が絶えないのは、ひとえに白狼（フェンリル）の存在があるからだった。

偉大なる白き怪物が棲（す）まうのは聖法教会が聖域指定した双子山。

その麓に造られた都市は当然ながらエルフたちの巡礼地の一つとして扱われている。

たとえ魔族が造った都市であろうとも、信仰対象の白狼（フェンリル）が受け入れたなら、納得できなくてもエルフたちは受け入れるしかない。

だからこそ、人類圏では魔族の討伐を声高に叫んでいたとしても、〝失われた大地〟に足を踏み入れたら、どの国家よりも先駆けて友好関係を築いていた。

そんな、あからさまな態度を示すエルフたちに、恥知らずと誹謗（ひぼう）中傷の類が絶えることはないのだが、彼らは一切合切を無視して嘲笑（あざわら）っていた。

なぜなら、下等種族と蔑む連中に何かを言われたところで何の痛痒もなかったからである。そういった理由もあって、魔都と友好関係を結んでいる聖法教会は多大な資金を払って特別区画を借り受けており、エルフたちの住居が建ち並んでいるというわけだ。

「ようこそいらっしゃいました」

屋敷の扉が開かれると、ユリアたちの前に現れたのはヴェルグだ。

魔法都市にいる時よりも、ヴェルグの肌艶が良いように思える。

嫌悪している場所から離れることができて調子を取り戻したのかもしれない。

あるいは信仰対象にしている白狼のお膝元にいることが彼の体調を健康に戻したのか、どちらにせよ、ユリアにとって悪いことではないので放置しておくことにした。

「どうぞ、お入りください」

ヴェルグの案内に従って、ユリアとエルザは屋敷に足を踏み入れた。

玄関には、紅い絨毯が贅沢に広がって華やかに出迎えてくれる。

足元に広がる絨毯の紅は深みのある色彩であり高貴な雰囲気を醸し出していた。

その絨毯は柔らかくて、一歩進む度に心地良い感触が返ってくる。

天井からは壮麗なシャンデリアが吊り下げられて、輝く光が大広間全体を照らし出していた。

エルフは華美を嫌う傾向にあるが、だからと言って地味なわけでもない。

洗煉(せんれん)された内装、質実剛健を好むエルフらしい屋敷と言えた。

応接室に通されると、そこには一人のエルフ——使用人が待機している。

「人数分の紅茶をお願いします」

ヴェルグが指示すれば首肯した使用人がそつのない動きで準備を始める。

珍しくヴェルグの声が優しいのは使用人がエルフだからだろう。

これが他種族であれば彼は紅茶を淹(い)れさせるどころか、部屋の中にいれることすらなかったはずだ。

使用人の洗煉された動きを横目に、ユリアがヴェルグに示されたソファに座れば戸惑った様子のエルザを視界の端に捉えた。

「どうしました？」

入口で立ったまま動かないエルザにユリアは首を傾(かし)げる。

その仕草を見てエルザは気まずそうに口を開いた。

「手持ち無沙汰なので……どうしようかと思いまして」

使用人がいるならエルザが紅茶などの用意をする必要がなくなる。

更にソファの後ろで護衛のように待機しようにも、まずこの屋敷でユリアを害する存在は皆無に等しいのだ。

ユリアが〝聖女〟であることは一部を除いて未(いま)だに公表されていないが、屋敷を含めた近隣一帯は聖法教会の管理下にある。

しかも、屋敷は〝魔都ヘルヘイム〟の特別区画にあることから、聖法教会でも精鋭とも言うべき実力者たちが住んでいる場所でもあった。

そんな場所に怪しい者が侵入することは不可能に近い。

人類の宿敵とも言える魔族の領地にあって安全などと皮肉めいているものの、世界で一番安心できる場所と言ってもいいだろう。

「あなたも座りなさい。たまにはそういうのもいいじゃないですか」

ユリアに促されたことで、エルザは諦めたように肩を落とすと彼女の隣に座る。

それを見てから使用人が紅茶をそれぞれの前に置くと、軽く頭を下げて部屋からでていった。

次いでヴェルグが向かいのソファに座るのを見届けてから口を開いたのはユリアだ。

「計画は順調ですか？」

「聖女様があんな物をだしたもので、上層部は未だに混乱していますよ」

先日、〝使徒〟の定例会が行われた。そこでユリアが秘密裏に参加して、聖法教会〝第一使徒(ワード)〟の首を曝(さら)け出したのだが、その時の反応が劇的だったのだ。

「仕事はやりやすくなったでしょう」

ユリアが紅茶を口にしてから告げると、ヴェルグが肩を竦(すく)めて苦笑した。

「確かにそれはそうなんですがね。良い影響ばかりとは言えませんよ」

聖法教会の三大派閥の一つ、〝聖騎士派〟は〝大森林〟の軍事を司っている。

その頂点に立っていたのが〝第一使徒〟だ。

〝聖騎士派〟の長が首だけになっていたら、誰だって狼狽を露わにする。

とてもじゃないが平常心ではいられないだろう。

だが、慌てたところで、騒いだところで、彼が生き返るわけでもない。

あとは混乱している他の使徒を威圧すればいいだけ。ユリアの実力を示せば忠誠心は得られずとも、恐怖心によって動きを鈍らせることはできる。それで従わせることができなかったとしても、計画のために時間が稼げればいい。

だからこそ、強引な手段で〝第一使徒〟の首をユリアはとったのである。

「長老会のほうは？」

〝聖騎士派〟が麻痺している間に、ユリアは他の派閥にも食指を伸ばしていた。

一度でも動き始めたら止まることはできない。それほどの大事件をユリアは引き起こしてしまったのだ。もう後戻りなどできるはずもない。足を止めれば最後——ユリアに待っているのは破滅だけだ。

「老人たちは探りを入れてきています」

「さすがにあの状況では多少の音は漏れてしまいますか。老人たちは耳聡いことです」

「長きに亘って聖法教会の頂点に君臨してきた者たちです。全盛期から力が衰えたとしても政治力によって延命してきたのですから、老獪な連中を相手に多少程度で押さえられているのは奇跡かと思いますけどね」

元〝使徒〟で構成されている司法を司る〝長老会〟。

怪我や年齢といった理由で衰えたと言っても〝使徒〟に及ばないだけで、中途半端な実力は残しているので厄介な連中だ。

今でこそ軍事の〝聖騎士派〟や、行政の〝女教皇派〟が力をつけて三大派閥とまで言われるようにはなった。

だが、数十年前までは司法の〝長老会〟が三権を握る一強時代だったのだ。

他種族にとっては昔のことに感じるかもしれないが、長命なエルフにとっては最近のことである。

「なので、今の所は隠し通せていますが、いつまで騙せるかはわかりません」

いずれ〝第一使徒〟が死んだことは伝わる。

情報操作に長ける者や、変装系統のギフトを持つ者たちにも協力を仰いでいるが、どうしても不都合な状況に陥る時が必ず来る。

その時の備えもあるから、ヴェルグやユリアの表情に憂いはない。

「構いません。そのまま〝長老会〟の動きを注視してください。あとは〝女教皇派〟の動きですが、そちらはどうなっていますか？」

「恐ろしいほど沈黙を保っていますよ。動きも一切ありません。こちらは私よりも聖女様のほうが詳しいのでは？」

「魔都に来てから連絡は一切とれていませんので、〝女教皇派〟の動きがわからないんですよ」

〝失われた大地〟の高域は瘴気が濃いため〝伝達〟魔法などは使えなくなっている。

また付与された魔石も同じで、転移を含めて使用できなくなっていた。

使いたいと思ったら高域からでて低域まで戻るしかない。

だが、手段がないわけではない。

「転移門を使用しますか？」

ヴェルグが言うように魔都にも転移門が存在する。

魔都には瘴気の影響を受けない場所が存在するのだ。

聖法教会はその場所を借りて、大森林に繋がる転移門を設置している。

もちろん女王ヘルの許可を得ており、設置するにあたり様々な条件があったらしいのだが、白狼を神獣として崇めているエルフたちは二つ返事で受け入れた。

表向きは魔族を受け入れない姿勢のエルフだが、その裏では魔都と深く繋がっていたりするのだ。もちろん、聖法教会だけが特別扱いなわけではない。いくつかの国々はそういった条約を魔都と結んでおり、転移門の設置に成功している。

しかし、魔法都市だけは長年交渉を続けているが転移門の設置はできていなかった。

その理由は、魔法協会が何度も〝魔都ヘルヘイム〟と衝突してきたからだ。

長年にわたり、魔法協会と〝魔都ヘルヘイム〟との間で不毛な争いが繰り返されてきた。

魔法協会は魔族の排除と資源の獲得、更に先人が残した魔法の知識の独占を狙った。

一方の〝魔都ヘルヘイム〟は魔族の自由を目指して、魔法協会の介入を拒絶する。

故に両者の対立はしばしば衝突を引き起こして、その度に街は破壊され、多くの犠牲者がでる結果となった。重く見た魔法協会は融和路線に切り替えたが、女王ヘルの心証は決して改善されることはなく、転移門の設置交渉が難航することになったのである。

だから、魔法都市に所属する魔導師は竜の都市から低域、もしくは、中域へ転移してから高域に進出するのが定番となっていた。

「いえ、前回も使用しましたし、二度目となると正体が露見する恐れがあります」

一度だけ、〝聖騎士派〟の会合に出席するためにユリアは転移門を使用していた。

それでさえ危険な行為であった。

変装していたとはいえ、魔都にいるエルフのほとんどは魔導師として優秀だ。変装など簡単に見破れる者は多い。

だから、あまり目立つような行動は避けるつもりだったのだが、〝聖騎士派〟に最も打撃を与えられる好機が定期的に開催される会合にあったのだから仕方がなかった。

「それに〝女教皇派〟にも不審がられるでしょうから転移門の使用はやめたほうがいいですね」

〝女教皇派〟に所属する〝聖女〟が、こうしてエルフ特別区画の〝聖騎士派〟の屋敷で接触している時点でも非常に危険な行動なのだ。

「なら、伝達魔法だけでも使用したらどうですか？」

伝達魔法なども瘴気の影響を受けない転移門付近で使用できるのだが、盗聴の恐れがあるため、計画の破綻を恐れたユリアは近づくことはなかった。

「やめておきます。何度も行き来すれば怪しまれます。なにより、転移門付近は隠れることが困難で、いくつもの目が存在しますからね。他の者に正体を知られる可能性を今は高めるべきではないでしょう」

現時点でさえ綱渡りのような状況なのだから、物事が順調に進んでいる今は余計なことをするべきではないとユリアは判断していた。

「わかりました。では、何かありましたら私に連絡を、すぐに対応させていただきます」

「ええ、そちらも何かあったらすぐに知らせてくださいね」

「しばらくは魔都に滞在なさるのでしょう？」

ヴェルグの質問にユリアは鷹揚に頷いた。

「ええ、いつになるかわかりませんが……女王が開催する祝賀会が終了すれば魔法都市に帰還する予定です。そちらで女王の動きは摑めていませんか？」

「〈美貌宮殿〉に人の出入りが増えている以外の報告はありません。女王も外にはでてきていないようです。魔族のほとんどは女王に隷属させられてますからね。内通者を作ることは無理ではないようなんですけど」

残念そうにヴェルグは呟くと、そのまま肩を大袈裟に竦めながら言葉を続ける。

「なぜかすぐに内通者の存在が女王に露見するらしく難しい状況のようです。そんなわけで我々も情報がなかなか得られず苦労しています」

「隷属……ですか？」

ヴェルグの話に出てきた単語にユリアは反応を示した。最近、何度も耳にしたことがある話題だったからだ。

「ええ、隷属ですよ。魔族がどうやって誕生しているのか、聖女様はご存じですか？」

「確か……瘴気を浴びた魔物が進化したのが魔族だと聞いていますが違うのですか？」

「いえ、合っていますよ。その通りです。神々と聖帝が争い、その戦場跡に生まれたのが瘴気――それを浴びたことで魔物は力を得て魔族へ進化したのです」

全ての魔物が進化に成功したわけではない。

一部の魔物だけ、瘴気の力に耐えられた魔物だけが魔族に進化することができたのだ。

魔物の中でも特殊個体と呼ばれる存在がある。

魔物同士で争い、敗者を喰らいながら、知性を高め、力をつけていく魔物が時折現れる。そういった特殊個体が瘴気に耐えられると言われていた。

「それがどう隷属とやらに繋がるのですか？」

「瘴気を浴びて誕生したばかりの魔族を、女王は保護を名目に〝隷属〟させているんですよ。それも半ば強制的に常識を植え付けるため、という建前で、ね」

魔物から生まれ変わった魔族は高い知能を有している。

人間と同等の知能を持つのは上級魔族からだが、それ以下となると顕著な差が生まれる。獣のように本能のまま暴れてしまうのだ。放置すれば甚大な被害がでるので、女王は誕生したばかりの魔族を隷属させてから教育を施している。

というのが建前であり、本音は別だろうというのが聖法教会の見解である。

もちろん、素直に隷属する魔族ばかりではなく、盲目的に女王に従うわけではない。

「大抵は女王に忠実な駒に育つらしいのですが、ごくたまーにでてくるんですよね。女王に刃向かう魔族が……所詮は獣ということなのでしょうけど――」

どこか呆れた口調のヴェルグに、先読みしたユリアは彼の答えを口にする。

「それが〝廃棄番号〟ですか？」

ユリアの言葉にヴェルグが頷く。

「相変わらず聖女様は博識でいらっしゃる。その通りですよ。魔物から魔族として生まれ変わった彼らは知能が高くても精神年齢が総じて低い。だから、子供特有の反抗期とでも言うんですかね。そういうのがあるみたいです」

一度言葉を切ったヴェルグは紅茶を飲むと喉を潤した。

「それで反抗期を終えた魔族は〝契約〟をするんです。〝隷属〟じゃなく、更に上位の〝従属〟契約です。それは秘術とされており、女王以外は知りません」

ヴェルグの説明を聞いたユリアは、アルスがシオンに従属契約を施した時のことを思い出していた。

魔力欠乏症に悩まされていたシオンは死に行く定めにあったが、いくつか条件をクリアしてアルスから魔力が供給されることで生き長らえることが可能になった。

そんな過去を思い出すユリアの顔を見てヴェルグが笑みを浮かべる。

既にヴェルグはユリアからの報告でアルスが従属契約をシオンと交わしたことを知っている。しかし、その情報を聖法教会と共有させているかまではわからないが、伝えていたとしてもヴェルグの性格から歪曲して伝えていそうではあった。

「従属させれば契約者の魔力を供給させることができる。なら、その反対も可能だと思いませんか？」

「……魔力を奪うこともできるというわけですね」

「そうです。アルス様のおかげで女王の強さの一端を理解できました。彼女は従わない者から奪い、従う者には魔力を与えているのでしょう」

「ほぼ無限に近い魔力量を持っていると思ったほうがいいのですか？」

「ええ、今の段階では手がつけられないでしょう。彼女が従属させた魔族から魔力を奪えば恒久的に戦えるわけです。まあ、肉体や体力次第ではあるとは思いますけど」

「特記怪物指定されている女王が恒久的に戦えるというのは恐ろしいことですね」

特記怪物は人類が討伐できなかった魔物の特殊個体を指す言葉だ。

その力は神に匹敵すると言われ、千年前に存在した魔帝と同等の力を持つと言われているのが特記怪物三号〝白狼〟である。つまり、女王はそれと同等か、近い実力を有しているということでもある。それに女王の逸話は枚挙に暇がない。

天災とも言われる存在が、無限の魔力を持っているなど悪夢にも程があった。

「それに、〝廃棄番号〟という駒もありますからね」

「〝廃棄番号〟は教育に失敗した者たちなのでしょう？　それは従属させていない——つまり、魔力を奪うことはできないと思うのですが……」

ユリアが疑問を口にすれば、ヴェルグは楽しげに喉を鳴らす。

「確かに奪うことはできませんが、隷属はしたままなんですよ。首輪はついている状態なので、どこにいようとも存在を把握できるというわけです」

「つまり、女王は〝廃棄番号〟の居場所を常に知っているというわけですか？」

「ええ、〝失われた大地〟に戻ってきた場合は追い出さないといけませんからね。だから〝廃棄番号〟は〝失われた大地〟に戻れず人類圏で怒りのままに暴れるのです」

故郷に戻れない魔族と、魔法都市に縛り付けられている自身を重ね合わせたのかヴェルグの表情に苦い笑みが広がった。そんな弱みを隠すようにヴェルグは言葉を続ける。

「そもそも、〝廃棄番号〟は何か女王からの密命を帯びているのではないか――と、うちの課報部は考えているようです。今の所、証拠らしいものはないようですが」

「会話に割り込むことをお許し下さい。ですが、わたしもその可能性は高いと思っています」

と、これまで沈黙していたエルザが答えた。

「〝女教皇派〟でも〝廃棄番号〟について独自に調べていたのですが、〝聖騎士派〟の課報部と同じ結論に達していました」

「同じ結論ということはほぼ確定だと思って間違いありませんかね」

ヴェルグの発言に、意外なものを見たと言いたげにエルザは驚きで目を見開いた。

「あなたが……敵対している派閥の言うことを信じるのですか？」

エルザが胡乱げな視線を向ければ、ヴェルグは涼しげな顔で受け流した。

「同族に対して敵対なんて人聞きの悪い。過去はそうであっても、現在は友好的――いや、微妙ですか……とにかく、いずれは手を取り合う運命にあるのです。疑うよりも信じるべきでしょう」

聖法教会の三大派閥は、どの派閥が国を導くか常に争っている状況だった。

利害が一致すれば手を組むこともあったが、それ以外では足の引っ張り合いが日常茶飯事である。しかし、現在は長であった〝第一使徒（ワヘド）〟が不在なことで〝聖騎士派〟は纏（まと）まりを失っており、〝女教皇派〟も最近は〝女教皇〟が沈黙を続けているせいで、〝聖女〟のユリアが代理をしているようなものだ。残る〝長老会〟は異変に気づかずに未（いま）だ探りをいれている状態で活発とは言い難い状況である。

「それに〝女教皇派〟の諜報機関は、うちよりも優秀ですからね。嘘（うそ）でないなら、うちの諜報部よりも信じるに値しますよ」

〝女教皇〟は〝聖騎士派〟や〝長老会〟が掴めなかった〝聖女〟の存在を把握していた。ユリアの生家であるヴィルート王家内でさえ、彼女が【光】のギフトを持っていることを知っている者は限られていた。

そんな機密情報を容易（たやす）く入手したのが〝女教皇派〟の諜報機関だから、ヴェルグが〝聖騎士派〟よりも優秀だというのも、あながち間違いではないのだ。

「それで〝廃棄番号（アンチテーゼ）〟に話を戻しますが、過去から現在に至るまで女王ヘルには不審な点が多い。その妙な動きは〝廃棄番号（アンチテーゼ）〟と連動しているのか、そう疑ってしまうほどの動きを見せるときもあるそうです」

エルザは淡々と喋り続ける。その視線は決してヴェルグに向けようとはしない。

未だ兄妹の確執は取り除けていないようだ。

「様々な情報を精査した結果から推察すると〝廃棄番号〟は未だに女王の支配下にあります。これは事実と思って今後は動いたほうがいいでしょう」

エルザの報告を聞き終えると、ヴェルグが腕を組んで二の腕を人差し指で叩き始めた。

「とても重要な情報を提供いただきありがとうございます。ですが、扱いが難しくもありますね。女王本人に問題を指摘すれば逆に痛手を負う可能性が高いので、現状を維持するしかなさそうです」

「それに白狼が背後にいる可能性も高まりましたから、今は女王を放置するしかありませんね」

ユリアが話を付け加えれば、ヴェルグが眉を顰める。

「白狼と友好関係にある、ですか……確かに世間ではそう言われていますが、聖女様は確信を得ることができたのですか？」

白狼が住処にしているのは双子山と呼ばれる巨峰である。

縄張りに入れば最後、生きてでることは敵わない。

過去に幾人もの魔王が白狼に挑んだが、その者たちが帰ってくることはなかった。

それどころか、縄張りを荒らされた白狼の怒りを買ってしまったばかりに、魔法協会が治めている多くの街と村が壊滅することになった。

もちろん、立ち向かう者は大勢いたが悉くが返り討ちにあってしまう。

やがて、双子山の麓に女王が村を造り、発展させて、今の魔都ができあがった。

最初は縄張りを荒らされた白狼の報復があると誰もが戦々恐々としたが、その結果は何もなく拍子抜けであった。そんな白狼の怒りを買うこともなかったことから、女王は友好関係——もしくは不可侵に近い状況にあるのでは、と噂されるようになっていた。

「ええ、白狼が言っていたそうですよ。〝魔物行進〟は魔都まで侵攻することはなかったとのことです」

ユリアはアルスから白狼とのやり取りを訊いていた。

その内容から女王と白狼は繋がっていると確信したのである。

「それが事実であるのかどうか、確かめたくても結果的に私たちが〝魔物行進〟を食い止めてしまったので真実は闇の中となってしまいましたけどね」

ユリアの言葉を受けてヴェルグは苦笑する。

「それは仕方ないでしょう。あれは避けることはできません。しかし、明確ではないとは言え、間接的な言葉ではありますが、白狼と女王が繋がっているという言質は大きな戦果の一つとなるでしょう」

「切り札になるかどうかはわかりませんけどね。状況次第では金剛石か、ただの石になるか、極端な手札ではあると私は思っています」

「温存でしょうな。〝魔物行進(モンスターパレード)〟は仕組まれたものだ。と、叫んだところで、どれもこれも証拠がないのだから想像の域をでない。下手をすれば濡れ衣(ぬれぎぬ)になります。魔都で言おうものなら出入り禁止、最悪、処刑と言ったところでしょうか。証拠もありませんし、ここは女王の支配領域なので、何を叫んだところで無駄になりましょう」

「ええ、ですが、私は白狼(フェンリル)が白状してくれたのは感謝していますよ。あとは我々が信じるか、信じないか、どちらかと言われれば——私は信じるべきだと思いますけどね」

「ふむ、聖女様がそう思われた理由を聞いても？」

「あなたが言ったのでしょう、魔都で何かを叫んだとしても無駄だと。真実だとしても女王が不利になる事柄なら全てが否定されるのです。事実でさえねじ曲げられるのなら、白狼(フェンリル)にとって嘘をつく理由はありません」

「なるほど——これまでの話を統括すれば、女王と白狼(フェンリル)は繋がっているのは事理明白。そうなってくると、困りましたね」

深く嘆息したのも束(つか)の間(ま)、ヴェルグは空気を入れ換えるように首を横に振る。まるで自身の中で妥協点を見つけるかのような仕草だ。そして、改めてユリアを見る彼の視線には迷いなどなかった。

「少しばかりの無茶は致し方ないと思っていたのですが、計画を見直さないといけないようですね。正直に申し上げますと、特記怪物を二体も相手にできるほどの戦力は聖法教会にはありません」

聖法教会を掌握していない状態で特記怪物の二体を敵に回すのは愚策にも程がある。たとえ、聖法教会を完全に支配下に置いたとしても、勝てるかどうかで言えば厳しいと言わざるを得ない。今後のことも考えず、なりふり構わずに戦えば〝白狼(フェンリル)〟と〝女王〟の討伐は可能だろうが、その後に第三勢力から攻撃を受ければたちまち聖法教会は崩壊することだろう。

「今後のことを考えると女王と事を構えるのは危険すぎます。なので、先ほど聖女様が言ったように特記怪物の二体は放置して、〝長老会〟に集中すべきなのでしょうね」

「魔都が横やりをいれてくるなら仕方ありませんけど……今は〝長老会〟へ注視してください。彼らは長生きしているだけあって手練手管に長(た)けていますから、隙を見つけるのも容易いことではないでしょうけど、〝長老会〟が蠢動(しゅんどう)するなら一気呵成(いっきかせい)に叩き潰します」

「わかりました」

ユリアの指針にヴェルグは意欲的に頷(うなず)いた。

それから何かを思い出したかのように手を叩く。

「あぁ……それと一つだけ懸念がありました。抵抗勢力──〝第三使徒(サラサ)〟と一部の聖騎士が〝大森林〟から姿を消しました」

軽々しく伝えてきたヴェルグをユリアは睨みつけた。

「そのような重要な情報は、もっと早くに教えていただかないと困ります」

「特に頭を悩ませる問題でもなかったので後回しにさせていただきました」

「軽い問題ではないと思いますが……〝長老会〟に合流されたりしたら困るのでは？」

「合流はないですね。〝第一使徒〟は〝長老会〟と対立していましたから、その身内でもあった〝第三使徒〟が手を組むとは思えません」

「復讐に囚われた場合は手を組むこともあると思いますが？」

「ないですね。なぜなら三つの理由があります」

ユリアの指摘を得て、ヴェルグは得意気に人差し指を立てた。

「一つは先ほど言ったように〝聖騎士派〟は〝第一使徒〟を失ったことで混乱していること、誰が味方で誰が敵なのか、わからない状況で〝第三使徒〟に味方する者は多くありません。第三者――〝長老会〟のように外から見れば〝第三使徒〟が勝手に暴走しているようにしか見えないでしょうね」

ヴェルグは二本目に中指を立てると言葉を続ける。

「二つ目の理由が、〝第一使徒〟が死んだ情報は末端まで浸透していません。当事者である〝聖騎士派〟でさえ、半信半疑なのですから〝長老会〟は慎重に調査をしている状況です。そのような時に〝第三使徒〟の暴走を知ったところで監視こそすれ、罠を警戒した老人たちが接触するとは思えません」

楽しげに喉を震わせたヴェルグは最後に指を一本あげる。

「最後の理由ですが、〝第一使徒〟が負ける――死ぬなんて誰も信じたくはないのですよ。彼は長年にわたって〝聖騎士派〟の頂点に君臨していましたからね」

聖法教会の三大派閥の一つ〝聖騎士派〟の頂点に君臨していた〝第一使徒〟。

魔法協会と同じで聖法教会も力を失った者は、その地位を追われる傾向にある。

そんな彼らが行き着く先が〝長老会〟なのだが、〝第一使徒〟は〝聖騎士派〟の頂点に君臨してから一度たりとも敗北したことなどなく、過去には魔王を屠った実績もあり、多くの聖騎士たちから慕われていた。

しかし、彼を有名にしていたのは、そんな些細な理由ではない。

――天領廓大。

最強にして最古の魔法。

現時点において世界に三人しか辿り着いていない至高の終着点。

全てのギフトが扱える魔法でありながら、習得するのが非常に困難な唯一無二の魔法。

魔導を極めた者だけに許された特権であり、終局魔法とまで言わしめている。

魔王でも扱えるのは第一冠のシュラハトだけ、その対を成していたのが聖天の〝第一使徒(ワヘド)〟だった。

だからこそ、誰も想像していなかった。

複数の魔王とも渡り合った実績を持つ〝第一使徒(ワヘド)〟が、突如として現れた〝聖女〟に敗北するなど誰も予想できることではなかったのだ。

「もう一度戦っても勝てる気はしませんけどね」

「それはそうでしょう。あれはギフト【光】が〝第一使徒(ワヘド)〟にとって初見であったこと、人間が聖女であったことに動揺したこと、更に私や〝第十使徒(アシヨラ)〟が近くにいたこと――様々な要因が重なり、幸運が訪れたからこそ〝第一使徒(ワヘド)〟の首をとれたのです」

「警戒して油断せずに相手をされていたら結果は違ったでしょうね」

全ては――コンマ数秒の隙が生まれたことで掴(つか)むことができた勝利。

ギフト【光】にとっては無限にも近い秒数、ユリアにとっては約束された勝利だ。

刹那だとしても、ユリアに隙を見せた時点で〝第一使徒(ワヘド)〟の死は決まっていた。

「後は聖女様が――天領廓大を行使したことで完全に不意を突く形になりましたから、これが魔王……第一冠のシュラハトだったら返り討ちにあっていたでしょうね。彼なら立場と所属が違うので、聖女と聞いても動揺することはなかったでしょうから」

聖法教会に所属していたからこそ、聖女という存在に戸惑いを露わにした。そして、〝第一使徒〟は自身の強さを自覚していたからこそ、ギフト【光】の厄介な性質が何かを見極めようと刹那の隙を作ってしまったのだ。

全ては油断が招いたこととはいえ、〝第一使徒〟を殺すことができたのは奇跡に近い。

「生ける伝説だったようですからね」

「だから、〝第一使徒〟が死んだことを〝長老会〟も信じられないでしょう。そういうわけで確実な情報を得るまでは〝長老会〟は動きませんし、末端の聖騎士たちも信じることはないのですよ」

「そういうものですか……」

「そういうものですよ。そもそも〝第一使徒〟の首を直接見たはずの他の使徒たちも未だ信じていない者が多数いるのですからね」

呆れを多分に含んだ嘆息をヴェルグはゆっくりと吐いた。

「現実を直視できない連中が増えたことは嘆かわしいことです。ですが、聖女様のおかげで〝聖騎士派〟も今後は転換していくことでしょう」

「好きにしてください。協力してくれる限りは〝聖騎士派〟をどのようにしてくださっても構いません。しかし、怪しい行動は控えてください。誤って首を落とす可能性がありますからね」

ユリアの明らかな脅迫だったが、当の本人であるヴェルグは涼しげな表情を崩すことはなかった。なぜなら、〝第一使徒〟が死んだ時点で、もはやヴェルグには従う選択肢しか残されていなかったからだ。

「わかってますとも、我々の利害は一致しているのですから安心してください。〝第一使徒〟をあなたに差し出した時点で、もはや一蓮托生なのですから」

ユリアを止められる強者は聖法教会にも残っている。〝第一使徒〟が死んだとはいえ、魔法協会と全面戦争ができるほどの戦力は健在なのだ。

なのに彼女に付き従っている理由は、〝聖女〟であること、〝黒き星〟と親しいことの二点があるからであって、ヴェルグたちは実力で屈服させられたわけではない。

「ですが、一つだけご忠告させていただきますが、〝第一使徒〟が抜けた穴を埋めるのは容易ではありません。少なくとも魔法協会などに知られると、どのような動きを見せるか……予測不可能です」

いずれ〝第一使徒〟の死は驚きをもって世界中に広まることだろう。

それまでに聖法教会を支配下に置きたいところだが、それ以降も綱渡りのような選択肢が待ち受けており、どれを選んでも困難な道になることは間違いない。

魔王第一冠に対抗できる唯一の魔導師であった〝第一使徒〟がいないのだ。

つまりは抑止力を失ったようなものだった。

魔法協会が聖法教会と決着をつけるべく動き出すかもしれない。そういった事態を避けるために監視や阻害を含めて数人の〝使徒〟や〝聖騎士〟が魔法協会に潜入しているのだが、このような状況は初めてのことなので、その時が本当に来た場合、どう転ぶのかヴェルグにも予想できなかった。その懸念はユリアも知るところであったが、彼女はヴェルグほど問題視しておらず、むしろ楽観的な様子を見せている。

「魔法協会も一枚岩ではないですし、魔王シュラハトも噂を聞く限りでは好戦的な性格じゃありません。聖法教会に仕掛けてくる可能性は低いと思いますよ」

紫銀の瞳を細めたユリアは冷めた紅茶に口をつけながら微笑んだ。

彼女の言葉を受けたヴェルグが思考に耽ったことで部屋に沈黙が訪れる。

やがて、ユリアがカップをテーブルに置く音によって静寂は破られた。

「そろそろ戻りたいと思います」

少なくとも急いで答えをだす必要はない。

まだ考える時間は残されており、手札はこちらのほうが多い。

「まずは一つ一つ、問題を片付けていきましょう」

と、ヴェルグに告げたユリアがソファから腰を浮かせると、続いてエルザも立ち上がった。そんな二人に釣られるようにしてヴェルグもまた立ち上がる。

「かしこまりました。今悩んでいても仕方ありませんね」

ヴェルグは自身に言い聞かせるように言ってから、出口に向かう二人に向かって頭を下げた。

「アルス様によろしくお伝えください」

扉が閉まる音でヴェルグは頭をあげると、天井を見上げてから嘆息を一つ。

「……魔力の質がより洗煉（せんれん）されてましたか」

ユリアが纏（まと）う微量の魔力を肌で感じ取った時にヴェルグは寒気に襲われた。

「手段はどうあれ……〝第一使徒（ワヘド）〟を殺したことで、更に強くなったようですね」

喜ばしいことだが、彼女の強さが底知れない。

なにより、出会った頃よりも感情も読めなくなっている。

「恐ろしいものだ……」

ヴェルグが窓に目を向けた先には双子山があった。

「これは必然か、偶然か、今代の〝聖女〟は全く未知数ですよ」

ヴェルグは渇いた笑い声をあげるのだった。

第二章 女王

太陽が西に傾き始める時刻。

〝失われた大地〟の高域二十三区では地獄絵図が広がっていた。

死だ。

見渡す限り大量の魔物が大地に沈んでいた。

薙ぎ倒された木々、陥没した地面、空気は砂埃で薄汚れている。

視界を覆い尽くす死に、腐臭漂う空気の中で、赤黒く染まった大地を踏む生者がいた。

その者の額から伸びるのは二本の角。

筋骨隆々で鋼の肉体を持つ男の肌は紫色をしている。その左眼は髪の毛によって隠れているが、唐突に吹いた風によって隠れた部分が晒された。

空洞——本来そこにある眼が男にはなかった。

代わりに大きな傷——Vの数字が刻まれている。

数字の部分が痒いのか男は指先で掻きながら周囲の様子を窺うように首を回した。

「ふぅ……久しぶりの〝失われた大地〟、さすがに楽しみすぎましたか」

困ったように眉を下げながらも、その表情には反省の色はなかった。

「これでは女王に気づかれたでしょうか……いや、それでいいのでしたか」

『おい、あんた、大丈夫か？』

と、唐突に声をかけられた魔族は振り返る。

彼の視線の先には五人の男女が立っていた。

装備の摩耗具合からして戦い慣れていることが窺える。それに男に話しかけながらも周囲の警戒を怠らずに、隙もまた少ないことから熟練の冒険者なのだろう。

ただ一つ残念なのは、彼らは魔族に出会ったことがないことだ。

「さようなら。あなたたちは必要ありません」

『は？　なにを言って――!?』

最後まで言い終えることなく、男の首が空に舞い上がった。

仲間の首が飛んだことで、冒険者たちはしばし啞然としていたが、すぐさま身構える。

慌てながらも即座に戦闘態勢をとった彼らを見ながら魔族の男は笑みを深めた。

「やはり、〝失われた大地〟は素晴らしい。物足りなくはありますが、それなりの手練れがこうして簡単に見つかるのですから。〝外地〟は退屈でしたよ」

魔族の男は嬉しそうに冒険者たちを見回すが、それに比べて、彼らは武器を構えたまま一歩も動かない
――否、動けないのだ。魔族の男から放たれる重圧によって、足が地面に縫い止められたかのように身動ぎすらできなくなっていた。

「申し訳ありません。自己紹介が遅れました」

男は髪を掻き上げると左眼の数字を外界に晒した。

「私は〝廃棄番号No.V〟。一応、名はありますが、あなたたちに教えるほど安くはないので気にしなくて結構です。それにこれから、あなたたちは殺しますから教えたところで無駄ですしね」

〝廃棄番号No.V〟の宣言を聞いた冒険者たちは、あからさまに狼狽えている。

自分たちに迫る死を感じ取ったせいなのか一斉に後退った。

『うっそだろ！　おい、なんで、〝廃棄番号〟が〝失われた大地〟にいやがるんだ!?』

『それよりも退くぞ！』

『勝てるわけがねぇ！　だから声をかけるのやめとこうって言ったんだ！』

勝手に絶望に染まっていく冒険者たちを、呆れた様子で〝廃棄番号No.V〟は眺めている。あまりにも見苦しい姿を晒す彼らに対して残念そうに嘆息した。

「ん〜……それなりに戦えそうだと思ったのですが、口を開けば開くほど残念な方たちでしたね。黙っていたおかげなのか、それとも見た目のせいなのか少しは強く見えたんですが……やはり見た目だけで判断するのは危険でした」

〝廃棄番号No.V〟が腕を振るえば、あっさりと騒いでいた三人の首が飛んだ。

「目障りです」

地面を転がる冒険者たちの頭に告げた後、〝廃棄番号Ｎｏ.Ｖ〟は最後に残った女性の冒険者に目を向けた。

『あっ……あっ……う、そ……ど、うして？』

現実を直面できないのか、彼女は目を速く泳がせながら、腰を抜かして地面に座り込んだ。それから怯えた眼を〝廃棄番号Ｎｏ.Ｖ〟に向けてくる。仲間の死を悲しんで濡れる瞳には、殺さないでほしいと必死に訴える意志が込められていた。

嗜虐心が煽られたのか楽しげに口元を歪めた〝廃棄番号Ｎｏ.Ｖ〟だったが、すぐさま頭を冷やすように首を横に振ってから女性の頭に手をおいた。

「まあ、いいでしょう。あなたは生かしておいてあげましょう」

優しく語りかける〝廃棄番号Ｎｏ.Ｖ〟だったが、女性から返答がないので首を傾げる。

「おやおや、これだから人類は度し難いほど愚かなのです。まったく目が腐る」

失禁したのか女性冒険者が座っている地面が黒く濡れていた。

嫌悪感を示すように〝廃棄番号Ｎｏ.Ｖ〟は口元を歪めて目を閉じる。

それから促すように女性冒険者の太股を爪先で蹴った。

「ほら、感謝はどうしました？　生かしてもらったのですから、何を言うべきなのか理解しているでしょう？　言葉にしなければ伝わりませんよ？　もしかして、私の言葉が通じていないということですか？」

少し苛立（いらだ）ちを含んだ言葉が立て続けに吐き出される。

女性の冒険者は瞬時にその場で頭を伏せた。

『あ、ありがとうございます。生かしていただいて感謝しています！』

〝廃棄番号（アンチテーゼ）Ｎｏ．Ｖ（ナンバーファイヴ）〟は地面に額を押しつける女性を満足そうに眺める。

「それでいいのですよ。しかし、軟弱な下等生物が我々の足よりも高い目線で語り合うなど不敬でしょう」

『あぐっ!?』

〝廃棄番号（アンチテーゼ）Ｎｏ．Ｖ（ナンバーファイヴ）〟は女性の頭を踏みつける。

「これから告げる私の言葉をよく覚えておきなさい。そして、大勢の下等生物に伝えるのです」

『は、はいッ！』

「我々は何も期待しない。生きたければ身を隠せ、死にたくばその身を晒せ。我々が求めるのはただ一つ〝可能性〟だけだ」

機械のように淡々と、感情の色も滲（にじ）ませず、ただただ冷たい言葉が降り落ちる。

だが、重圧はその比ではなかった。

濃密な魔力が重しのように冒険者の女性を押し潰そうと圧迫していたのだ。

刃を喉元に突きつけられているような感覚、喉元を氷が過ぎ去っていくかのように、極度の緊張感に冒険者の女性は襲われていた。

冒険者の女性は大量の汗を掻きながら、浅い呼吸を繰り返して、必死に意識を繋（つな）ぎ止めようとしている。集中を乱せば最後、意識を失ってしまうからだろう。

そうすれば彼女の頭に足を乗せている魔族は躊躇（ためら）いもなく命を奪い去るはずだ。

「わかりましたか？」

『わ、わかりました！』

「では、行きなさい。出来る限り多くの下等生物に伝えるのですよ」

足で押さえつけていた頭を解放された女性は一心不乱に駆け出していく。

彼女が走る方角にあるのは〝魔都ヘルヘイム〟だ。

生存確率を考えるなら、高域から中域に向かうよりも、あと七つの領域を越えて〝魔都ヘルヘイム〟に辿（たど）り着いたほうが生存できる可能性は高い。仲間を失って感情の制御ができていないように見えたが、身についた経験は無駄にはならなかったのか、茫然自失（ぼうぜんじしつ）であろうとも最適解を選んだようだった。

「さて、久しぶりの〝失われた大地〟です。お仕事の前にもう少しばかり楽しんでおきましょうか」

空を仰いだ〝廃棄番号Ｎｏ．Ｖ（アンチテーゼナンバーファイヴ）〟は、大空に広がる雲の進路を見つめながら、自虐的な笑みを浮かべた。

「もう次はないかもしれませんからね」

＊

〝魔都ヘルヘイム〟の女王が住む宮殿――〝美貌宮殿(シェンペルマ)〟にある玉座の間で声が響き渡った。

中央を縁取る紅い絨毯(あかじゅうたん)の上を、一人の伝令が急ぎ足で駆け抜けていく。

やがて、玉座に近づくにつれてその姿を止め、その場で片膝をついて頭を下げた。

その先には、彼らが女王と尊称する存在が玉座に腰掛けており、威厳に満ちた様子で伝令に視線を送っている。

『申し上げます！』

しかし、その目元はフードによって隠されており、残念ながら世間で噂(うわさ)されている美しい尊顔は見ることはできず、伝令は少しばかり落胆の色を表情に浮かべた。

それでも伝令はすぐに感情を切り替えたのか、口を大きく開いて言葉を発する。

『高域二十三区で〝廃棄番号(アンチテーゼ)〟による犠牲者がでたようです』

伝令の言葉に女王の周囲に控えていた魔族たちの空気が揺れる。

「なぜ、〝廃棄番号(アンチテーゼ)〟が高域に？」

「そもそも、なぜ二十三区まで奴(やつ)らが現れたのを察知できなかったんだ」

「静かにしなさい。報告の途中でしょう」

女王が呆(あき)れ混じりに注意をすれば、玉座の間は一瞬にして静寂に包み込まれる。

威圧するように周囲を見回した女王ヘルは改めて伝令に目を向けた。

「それで犠牲者はどこの所属なのですか？」

『帝国所属の冒険者のようです。五人一組、四名が死亡。一名はわざと生かされたようで伝言を持ち帰っておりました』

「伝言とは？」

『我々は何も期待しない――いつものです』

「そうですか、報告ご苦労様です。下がりなさい」

『はっ、失礼します！』

深く頭を下げてから伝令は玉座の間から去って行った。

その姿を眼で見送っていた女王の傍らにいた人物が動く。

「女王陛下、如何(いかが)なさいますか？」

セバス――女王の補佐にして右腕、〝魔都ヘルヘイム〟では宰相の地位に就いているが、本人は世話係のついでだと言って憚(はばか)らない。

「〝六欲天(シュテルン)〟を動かしますか？　丁度ここに揃(そろ)っていますが」

セバスが視線を向けたのは紅い絨毯を挟む形で立っている六名の男女だ。

魔族たちは玉座の間に整然と並び、額に二本の角を誇示していた。

その姿勢は武人の誇りを体現して、鍛え抜かれた肉体は威厳と強靭さを示している。

彼らの表情は冷静かつ凛としており、決して揺るがぬ覚悟がその瞳に宿っていた。

それぞれが一線級の実力者――〝魔都ヘルヘイム〟でも頂点に君臨する者たちだ。

個人差こそあれど彼らの力は魔王や聖天に匹敵する。

もちろん、魔法協会や聖法教会は認めることなど決してない。

けれど、玉座の間で自信に満ちた表情と、落ち着いた雰囲気を纏う彼らを第三者が見たら、あながち間違いでもないと感じることだろう。

女王の親衛隊でもある彼らは、楽しみだと言わんばかりの視線を女王に向けて下知を待っていた。

「皆が期待しているところ申し訳ありませんが、しばらくは放置しておいて大丈夫でしょう」

女王が静かに告げると、魔族たちの中には不満そうな表情を隠そうともしない者もいた。

彼らの顔には、深い考えや疑問が浮かんでいるかのような表情が見て取れる。中には、女王の発言に対する疑問や不信が滲み出ている者もいたかもしれない。

良くも悪くも魔族は我が強い種族だ。

そして、彼らの一部はそれを隠すことなく、自分たちの思いを口にしようとしたが、セバスが視界を遮ってしまう。そして、彼が代表して女王に問いかけた。

「よろしいのですか？　被害が拡大する恐れがありますが……」

セバスの確認に女王は鷹揚に頷いた。

「ええ、少し試したいことがあるので、魔王グリムに情報を流してあげなさい。そうすれば依頼をせずとも勝手に討伐してくれるでしょう」

「……女王陛下、何も他国の人間――下等生物の手を借りずとも、私に命じて下されば〝廃棄番号〟の首を時を置かずしてあなた様に捧げましょう」

不満を口にしたのは六欲天の一人――化楽天の地位についているニルマナだ。

彼の体格は細身でありながら、服の下には鍛え抜かれた肉体が隠されていることが窺えた。服の着こなしは洗煉され、身に纏う布地が彼の動きによって微かに揺れる様子が、その下に潜む筋肉の存在を物語っていた。凜々しい表情からは自信に満ちた様子が感じられる。その眼差しは鋭く、周囲の状況を敏感に捉えて見逃さないようにしていた。

「黙りなさい」

他者をひれ伏させるほどの強い言葉にも拘わらず、女王は穏やかな表情を浮かべ、腰が砕けそうなほど甘美な微笑みを浮かべていた。その柔らかな声音は、まるで春の陽光のように周囲に温かさを与え、心地よい安らぎを感じさせる。同時に心を激しく揺さぶるような強烈な色気もまた含まれていた。

「ふふっ、手を借りるのではなく利用するのですよ」

優しくニルマナを窘(たしな)めながら女王は楽しげにコロコロと喉を鳴らす。

「別に魔王グリムに拘(こだわ)る必要はありません。他にも駒はいくつも揃っています」

都合の良いことに〝魔物行進(モンスターパレード)〟を退けた三つのギルドが〝魔都ヘルヘイム〟に滞在している。

〝マリツィアギルド〟、〝ブロウバジャーギルド〟、〝ヴィルートギルド〟。

更に魔族――〝廃棄番号(アンチテーゼ)〟に強い恨みを持つ魔王グリムまでいる。

「彼らが討伐に失敗してから動きましょう。失敗しても成功しても、こちら側に損はありません」

ニルマナは黙って女王の言葉を聞いていたが、心の奥底では何かが引っかかっているような表情をしていた。

「二度も助けられるというのは〝魔都ヘルヘイム〟の沽券(こけん)にも関わりましょう」

ニルマナの意見も理解できる。

〝魔物行進(モンスターパレード)〟の脅威を察知しながらも、全ての魔族が「魔都」に閉じこもった。

この事実は他国にも広く知れ渡っている。

とあるギルドから何度も緊急の訴えがあったにも拘わらず、〝魔都ヘルヘイム〟が動くことはなかった。この事実もまた周知されており、他国の格好の餌食(えじき)となり非難の対象となっている。また〝魔都ヘルヘイム〟の存在を疎ましく思う他国は、これまでの不快感も合わせて非難の声をあげ、今もなお収束の兆しは見えていない。

そんな状況下で祝賀会が開かれることになったのだから、他国からすれば、これは埋め合わせのように感じたことだろう。

非難の声を少しでも減らそうとする涙ぐましい努力だと、彼らは考えたはずだ。

だからこそ、ニルマナを筆頭に女王に忠誠を誓う魔族たちは、この他国からの嘲笑を受け入れることなど断じてできなかったのである。

「もし万が一、〝廃棄番号(アンチテーゼ)〟の討伐が成功してしまったら他種族を相手に祝賀会を二回も開催することになるのですか？　それでは他国に示しがつきません」

「〝廃棄番号(アンチテーゼ)〟を討伐できたとしても祝賀会は一度で済みますよ。成功か失敗か、結果がでるまで開催期間を延ばせばいいだけのことです」

まだ退かぬ様子を見せるニルマナに微笑を浮かべたまま、女王は言葉を掛け続ける。

「祝賀会の開催には賛同しない意見も多いようですし、もし〝廃棄番号(アンチテーゼ)〟の討伐が失敗した場合、何かしらの難癖をつけて開催を見送ることになるかもしれません。そのほうが、皆さんが満足する結末になるかもしれませんね」

「……それならば良いかと、部下にも同じように説明してもよろしいですか？」

「ええ、不満があるのなら、同じ説明をしてあげてください。だからと言って討伐の邪魔をするなどもってのほかですよ」

「全ては女王陛下の御心のままに」

ニルマナが頭を下げれば他の五名も不満は滲んでいたが、納得のいく対話であったのか異議を唱えることはなかった。

「では、議題が尽きましたので、御前会議を終了させていただきます。次回も急遽開催されるかもしれませんが、各々の仕事に支障がないようにお集まりください」

セバスが締め括れば、再び頭を深く下げた六欲天と呼ばれる幹部達は退出していった。

残されたのはセバスだけで、彼は女王に向かって軽く頷いた。

その仕草だけでセバスが何を言いたいのか読み取ったのか、女王は躊躇いもなく、これまで素顔を隠してたフードを脱いだ。

「フードを被り続けるのも窮屈ですわね」

先ほどとは打って変わって口調が変わる。

今は魔王としてのリリスの顔を覗かせていた。

「その道を選んだのは女王様ご自身なのですから我慢するほかないですな」

「あら、セバスに言われると傷つきますわね」

優しげに微笑むセバスに、口を尖らせるリリス。

女王ヘルが魔導十二師王――第二冠であることを知っているのは、部下ではセバスだけ

だ。

「それにしても都合の良い時機に伝令が来ましたわね？」

「さすが女王陛下ですな。お気づきになられましたか」

「あら、わたくし以外にも六欲天（シュテルン）の数人は気づいているのではなくて？」

都合良く六欲天（シュテルン）が揃っている時に伝令が現れた。

事前に示し合わせていたとしか思えない時機だったのは確かだ。

ちょうど良い頃合いに伝令が現れたのはセバスが仕組んだことだ、とリリスが気づいた理由は二つある。

一つは伝令が〝廃棄番号（アンチテーゼ）〟の数字を告げなかったからで、二つ目が事前にセバスから〝廃棄番号（アンチテーゼ）〟が〝失われた大地〟に現れたことの報告を受けていたからである。

「彼らも幹部ですからな。あのような単純な騙（だま）しは気づいてもらわないと困ります」

要するにセバスからの突発的な試験のようなものなのだろう。

定期的にこの老紳士は問題を提示してくる。

しかし、正解なのか不正解なのか問いかけられない限り答えることはない。

だから、秘密なのか、公にしていいものなのか、判断ができないため、ほとんどの者は後ほどセバスが一人になった時に、先ほどの問題は何だったのかと尋ねてくるのである。きっと玉座の間からでればセバスはきっと誰かしらに捕まるのは間違いなかった。

「それで魔王グリムの反応はどうでしたの？」

「しっかりと〝廃棄番号Ｎｏ．Ⅰ(アンチテーゼナンバーワン)〟が現れたと嘘(うそ)の情報のみを伝えておきましたぞ」

魔王グリムの生い立ちは有名だ。

魔都に限らず諜報(ちょうほう)機関を持つ国であれば詳細を把握しているだろう。

更に魔王グリムと〝廃棄番号(アンチテーゼ)〟の因縁は一般の人間にまで知れ渡っている。

そして、今回セバスは魔王グリムの過去を利用して彼の行動を操ろうとしていた。

「反応のほうはどうでしたの？」

「上々ですな。疑うこともなく信じておりました。やはり恨みは深いようですな」

セバスは白髭(しらひげ)を撫(な)でながら笑みを深める。

「そうですの。だから、六欲天(シュテルン)の前でも〝廃棄番号(アンチテーゼ)〟の数字は告げなかったのですわね」

「はい。どこに耳が潜んでいるのかわかりませんからな。もし、嘘が露見した時、番号が大きいと魔王グリムが動かない可能性もありましたから……ですが、あの反応なら正直に教えても大丈夫だったような気はしますが念のためですな」

「魔王グリムがどのような行動にでるかはわかりませんが、そちらは静観して〝廃棄番号Ｎｏ．Ⅴ(アンチテーゼナンバーファイヴ)〟に任せておきましょう。彼に送る使者には〝廃棄番号Ｎｏ．Ⅰ(アンチテーゼナンバーワン)〟だと口裏を合わせるように伝えておきなさいな。どう転んでもこちらに悪いようにはなりませんわ」

「かしこまりました。怪しまれない程度に魔王グリムに情報を流して誘導しておきます」

「よろしいですわ。それで〝魔法の神髄（ミーミル）〟は今なにをしていますの？」

「魔都に閉じ込めておくのも限界だと思いましたので、外にでるのを許可しておきました。祝賀会まではおとなしくしているかと思います」

「なるほどですの。計画は順調というわけですわね」

「魔法都市のほうは如何（いかが）ですかな？」

セバスの問いかけに、リリスは肘掛けに腕を立てると手に顎を乗せた。

「そちらも問題ありませんわ。魔法都市所属のギルドが〝魔物行進（モンスターパレード）〟を引き起こしたという抗議――責任の一端を負わせたら静かになりましたの。そもそも二十四理事（ケリュケイオン）の席が一つ空いたことで誰の部下がその位置に納まるのか醜い争いをしていますわ」

「嘆かわしいことですなぁ……あの魔法協会がそこまで落ちぶれるとは、聖法教会の息のかかった連中も入り込んでいるようですし、かつての栄光も過去というわけですな」

「二百年前から魔法協会の力は衰える一方ですの。魔王は地位に胡座（あぐら）をかき、二十四理事（ケリュケイオン）は自分たちの役割さえも忘れてしまった。今では利権を巡って争うだけですわ」

「聖法教会の復権、魔都の台頭、周辺諸国からの圧力――二百年をかけた計略、さすがの魔法協会も耐えられなかったようですな」

「ふふっ、それでも二百年も耐えたのはさすがですわ。魔法協会が力を落とすまで、それだけの年月が必要でしたの。けれども、まだまだ力は残していますわ。弱体化しても、まだ聖法教会やうちと張り合えるんですもの」

魔都が全力をだしても未だ魔法協会に勝てるかどうかわからない。

魔法協会には目立つのが嫌いで〝魔法の神髄〟を筆頭に表に出てきていない者は数多くいる。その筆頭格も最近は隠れることをやめて唐突に表にでてきて、自身の正体を公言しながら暴れているようだ。

周辺諸国も気づいているが、派手に自分で言いふらしているせいで、本気で受け止めている国は少ない。監視ぐらいはつけていそうだが、優先度は限りなく低いだろう。

「二百年前は世界を敵に回しても渡り合えるほどの戦力を持っていたのを、この身をもって知っているので、今の魔法協会は些か拍子抜けもいいところですな」

「ふふっ、そこまで貶める必要はないでしょう。決して油断をしていい相手ではありませんわ。歴代でも最高峰とも言える第一冠のシュラハトもいますの」

「今は深域に遠征に向かわせたのでしたな」

「ええ、厄介な魔王は〝失われた大地〟の奥深くへ。それで残された魔王たちは纏まりはありませんし、二十四理事たちは隙を狙って暗躍していますの。おかげさまでわたくしたちも好きにできているわけですが、あまりにも順調すぎて怖いですわ」

全ては女王が仕組んだことだ。

更に利害が一致した二十四理事たちをも利用してきた。

手を組んだわけではない。話し合いもしたことがない。

ただ互いの思惑が知らぬままに一致しただけのこと。

だからこそ十二人の魔王たちへ一斉に〝強制依頼〟を発行することができたのだ。

今は幾人かの魔王が依頼を達成して魔法都市に帰還したが、それでもまだ数人が深域へ遠征に向かったままだ。

「必要な駒は十分に魔都に集まっていますの。あとは彼らが魔法都市を留守にしている間に魔法協会の更なる弱体化を目指さないといけませんわね」

口元に手を当てて、楽しいと言わんばかりの笑みを浮かべる。

それから堪えきれなくなったリリスの笑い声が玉座の間に響き渡るのだった。

＊

グリムは眠りの中で、暗い悪夢に囚われていた。

なぜ夢だと気づいたのかと言えば、それは過去にみた光景と全く同じだったからだ。

「あ～……クソッタレ……またこれか」

あの日からずっと止めようのない悲劇が繰り返されている。

両親が無慈悲な手によって命を奪われ、仲間や友人たちも次々と逃れようのない運命に倒れていく。

まさに悪夢だ。

『もうやめてくれッ！　俺たちがなにしたってんだ!?』

周りが死の淵に沈む中、少年時代のグリムだけは悲しみと絶望に包まれながらも喉を引き裂かんばかりに叫び続けていた。

そんな状況を俯瞰して眺めているのは青年時代——現在の大人になったグリムだ。

「情けねェよなぁ。誰一人救えなかったんだからよぉ」

未来を夢見ていた初々しい時代の自分には、あまりにもどうにもならない状況だった。

世界は理不尽な暴力と無力感に満ち溢れていて、かつての自分は脆弱で抗うことも何もできずに流されるだけだった。

目の前に浮かび上がる情けない少年時代の姿が無性にグリムの感情を逆撫でする。

かつての自分がただただ弱者であったことに対する怒り、誰も救えなかったことに対する無力感が心を締め付けてくる。

それでも悪夢は醒めてくれない。

現実を思い知らせるように、過去を思い出させるように、鮮明に記憶を掘り起こす。

そして、目の前に広がるのは——、

――死だ。

血が飛び散り、臓物が弾ける音が響き、悲鳴のような声と肉が潰れる音が混ざり合い、判別ができないほど混沌としていた。まるで地獄の底から湧き上がるような惨状が少年時代のグリムの目の前に広がっている。

そして、気づけば、見渡す限りの死の花が周囲に咲き誇っていた。

そんな死の花に囲まれているのは背中に〝I〟の数字を背負った魔族だ。

『ちくしょう、てめェだけは絶対に許さねェ！　必ず殺してやる！　必ずだ！』

少年時代のグリムは血を吐きながら呪いにも似た叫びをあげ続けた。

絶対に許さないと血涙を流しながら……。しかし、それを一瞥もせずに魔族は去って行く。

なぜ、グリムだけが生かされたのはわからない。

あまりにも弱すぎたから興味を失ったのか、殺す価値もないと判断されたのか。

どちらにせよ、戦うことも、死ぬことも、グリムには選ばせてもらえなかった。

ただグリムに許されたのは、親や仲間の死を嘆き、魔族に対して恨みを吐き続け、血涙を流すことだけだった。

「待っていろ。ようやく、てめェを見つけられそうだからよ」

少年時代の自身の背中を通して、青年となったグリムもまた地獄を作りだした元凶の背中を睨み続けていた。

手を伸ばしたところで届かない。だから睨むことでしか意思表示ができなかった。

所詮は夢だ。

変わることのない悪夢であり、永遠にグリムを苦しめ続ける罰でもあった。

そして、悪夢は終わりを告げる。

全てを失った少年――、

――赤子を抱いたグリムの姿を最後に。

グリムはゆっくりと瞼を開ける。

「くそッたれが！」

八つ当たり気味に飛び起きたグリムは、足下の柔らかい感触で自分がどこにいるのか思い出すことになった。

窓の外から見えるのは巨峰――双子山。

それだけで〝失われた大地〟にいるというのが理解できる。

そして、内装の整った部屋を見れば、宿泊している宿屋だということも思い出した。

まだ頭がはっきりと動かないため、寝台の上、柔らかな布団の感触を感じながらグリムは胡座を掻く。

「ちっ、本当に胸くその悪い夢だな」

後頭部を掻き毟る。

久しく見ていなかった夢だった。

弱かった時代を強制的に見せられたことでグリムは不機嫌を露わに舌打ちする。

「あぁ～……喉が渇いたな」

なんでもいいから言葉をださなければ怒りで部屋を壊しかねなかった。

グリムが泊まっている宿屋は、魔族以外の種族が利用する施設で、従業員も合わせて人間や獣族などが働いている。しかし、宿屋を管理をしているのは〝魔都ヘルヘイム〟なので、調度品などを破壊してしまえば魔族の治安部隊が飛んで来ることだろう。

魔王が器物破損で捕らわれるなど赤っ恥もいいところだった。

気分を入れ替えるために、グリムは寝台を離れてソファに座ると、テーブルに置いてあった水差しを手にとってグラスに注いだ。

冷えてはいなかったが、それでも喉の渇きはかなりマシになる。

「グリちゃん起きたの～？」

部屋の扉が開いて隙間から顔をだしたのはキリシャだった。

グリムたちが泊まっている部屋の間取りは中央に大きな部屋が一つあり、囲むように四つの独立した部屋があった。

利用しているのはノミエ、ガルムの姉弟に、グリムとキリシャを含めた四名だ。

「ああ、最悪の目覚めだったがな」

キリシャに返答しながら立ち上がったグリムは自身の部屋を抜けて、中央の部屋にあるソファに腰を下ろした。

近くの椅子にはノミエとガルムの姉弟もいて心配そうな目をグリムに向けていた。

うなされていた声がここまで届いていたのかもしれない。

グリムは居心地が悪そうに首を竦めるとソファに腰を深く沈めた。

「悪夢ね～……本当に大丈夫？　グリちゃん、顔真っ青だよ」

はい、冷たいお水、と言ってキリシャはグラスを差し出した。

「〝魔都ヘルヘイム〟なんかに来たせいだろうな。時間が経てば治るだろうさ」

不満そうに鼻を鳴らして顔を顰めたグリムは水を一気飲みする。

同時に部屋の扉が叩かれた。

「はいは～い」

キリシャがいつも通り、楽しそうに扉へ向かって駆けていく。

『失礼します。魔王グリム様へ、女王陛下からのお言葉を預かってまいりました』

「ほぇ～……女王様が何の用だろ？」

『グリム様はご不在でしょうか？』

「ううん、いるよ～」

廊下の先からキリシャと女王が送ってきた使者のやり取りが聞こえてきた。

「キリシャ、使者を通せ、話を聞く」

少しばかり声を張って言えば、使者が姿を現してその背後にはキリシャがいた。

女王からの使者に目を向けたグリムは顎を振って要件を促す。

『高域二十三区に〝廃棄番号(アンチテーゼ)Ｎｏ．Ｉ(ナンバーワン)〟が現れました』

使者が言った言葉に反応したグリムから殺気が溢れた。

過去の夢を見たせいか押さえることができない。

凄(すさ)まじい威圧に使者は片膝をついて脂汗を浮かび上がらせていた。大量の汗が床の絨毯(じゅうたん)に落ちて染みこんでいく。

「それで？　わざわざ、それだけを言いに来たわけじゃないだろ？」

別に使者がグリムに対して何かをしたというわけではない。

理不尽な怒りを向けていることはグリムも理解している。

それでも目の前に魔族がいるというだけで殺意が湧き上がってきて、殺したい衝動を抑えるので精一杯だった。

『は、はい。女王陛下は討伐隊を差し向けるが、邪魔をしないのであれば個人で刈り取っても構わないとのことです』

「へぇ～……自尊心(プライド)が高い魔族が譲ってくれんのか、なかなか珍しいこともあるもんだな」

「グリちゃん――……」

キリシャがグリムの袖を引っ張る。

しかし、グリムは苦笑するとキリシャの頭を撫(な)で繰り回した。

「キリシャ、これが女王の狙いってのはわかってんだよ。俺に相手をさせて自分たちの戦力を温存してやろうって腹積もりなんだろうってのはな」

「だ、だったら、少し様子を見たっていいんじゃない？」

やめておけと言わない辺り、キリシャもグリムの恨みがどれほど深いのか知っているのだ。もはや危険だからと止められる段階ではない。

ならば、出来る限り無事に済むような方向に持っていこうとしたのだろうが、グリムは拒否するように深く嘆息した。

「わかってんだろうが……〝廃棄番号Ｎｏ．Ｉ(アンチテーゼナンバーワン)〟は誰にも譲るつもりはねェよ。あいつだけは俺の手で殺さなきゃならねェ」

『女王陛下のお言葉をしかとお伝えいたしましたので失礼いたします』

これ以上、グリムから放たれる殺意の波動に耐えられなかったのか使者が苦い表情のまま下がっていった。その様子を視線だけで見送ったグリムはソファから立ち上がる。

「キリシャ、高域二十三区に行くぞ」

獰猛な笑みを浮かべながら舌舐めずりするグリムの様子は、

「久々の魔族狩りだ」

その姿は〝鬼喰い〟と呼ばれるだけの凶暴な気迫を感じさせた。

＊

〝魔都ヘルヘイム〟内に設けられたエルフ特別区画は緑豊かな場所だ。

その区画には大小さまざまな植物が植えられて、美しい景観が広がっている。

しかし、これらの植物は単なる自然発生ではなく、〝大森林〟から厳選された種子や苗が持ち込まれ、職人たちによって丹精込めて育てられたものだった。

特に、エルフたちが愛する植物が優先的に植えられており、その美しさと豊かな緑がエルフたちの心を癒やす一助を担って彼らに安らぎと慰めを与えている。

そんな区画内には小川や池もあり、清らかな水が植物たちの根元を潤していた。

また、エルフたちが儀式や行事を行う広場もあったり、彼らの文化や伝統を継承する場としても機能している。

そんなエルフ特別区画から少し離れた場所に、エルフたちの住宅街が広がっていた。

一等地とも言うべき広大な庭園を持つ屋敷が立ち並び、その中にはヴェルグの滞在する邸宅もあった。ここは魔法都市とは異なり、炊事や洗濯などの日常の雑事は全て使用人に任せることができた。

そのため、ヴェルグはのんびりと新しい紅茶の葉を楽しんでいた。

屋敷の中で、静かな時間が流れ、彼は優雅な一時を過ごしている。

この場所で得られる充実感と開放感は、彼が魔法都市では得られなかったものだ。

ヴェルグの肌は水を得たように潤い、彼の心も幸福で満たされていた。

「あぁ……素晴らしい。魔法都市を離れるだけでこうも体調が良くなるとは……」

壁際に控えている使用人たちが苦笑を浮かべる。

彼らはヴェルグの要望を全て叶(かな)えてくれる存在だ。

家事から掃除、紅茶の淹(い)れ方(かた)まで、彼らは〝大森林〟から派遣された優秀なエルフ。

魔法都市ではエルフの存在がただでさえ目立ってしまう。

だから、使用人を〝大森林〟から派遣させるとなるとますます目立つので、ヴェルグは魔法都市では家事や炊事、洗濯などの雑務を一人で行っていた。

さらに、ヴェルグは世界で最も避けたい都市である魔法都市に滞在を続けたことで、精神的にも限界を迎えつつあった。

それでも、〝黒き星〟のために耐え忍び、ようやく束の間の休息を得たのである。魔族も討伐対象であるが、魔法協会と比べればその問題は些事に過ぎない。

そのため、魔都に滞在してからヴェルグの体調は日に日に良くなっていった。

『〝第九使徒〟様、お客様がお見えです』

扉が開いて別の使用人が声を掛けてきた。

魔都でヴェルグを訪ねてくる者は極めて限られている。

その中でも、特に重要な者である〝聖女〟ユリアが訪れた場合、彼女は使用人を介することなく、直接この場に現れるだろうから今回の訪問者ではないだろう。

一方、ヴェルグの妹であるエルザが訪れる可能性もあるが、彼女は決して一人でヴェルグに会いに来ることはない。彼女は他の同行者と共に訪れるか、あるいは代理人を介して彼と接触する。そのため、エルザが訪れることは非常にまれであることから、彼女もまた選択肢から外れてしまう。

あと二つほど選択肢が残っていたが、無駄な思考が面倒になったヴェルグは、さっさと訪ねてきた人物と会うことにした。

「通してください。あなたたちは部屋をでているように」

と、ヴェルグは命令する。

『〝第九使徒〟様、お久しぶりでございます』

使用人と入れ替わるように入ってきたのは部下のエルフだった。

〝魔都ヘルヘイム〟に商人として潜入させている者だ。

これなら怪しまれることもなく、エルフの特別区域にも出入りができた。

『〝第九使徒〟様、いつもご利用いただきありがとうございます』

もっともらしい台詞を交わした後、エルフの商人は微笑を浮かべる。

その笑みは他の種族の笑顔とは異なり、卑屈さや下品さを感じさせることはなく、むしろ上品で高貴な品位が漂っていた。

『本日も贅沢な品々を揃えさせていただきました。他にも特別なご要望などがありましたら、遠慮なくおっしゃってくださいませ』

目を輝かせながら口上を述べる彼は、賢明さと洞察力に満ちているように見えた。

その姿勢は商人に相応しく優雅であり、どこか威厳を感じさせる。

その笑みと目線は、相手に自分の言葉を信じさせる力を持っているかのようにエルフ独特の迫力が感じられた。

「そうですね。なら、紅茶の葉をください。できれば新鮮で珍しいものなら尚よしです」

『ヴェルグ様が紅茶を好んでおられるのは存じております。それならとっておきのがありますが如何ですか？』

「ほう？　見せていただけますか」

ヴェルグの言葉を受けて商人が取り出したのは小さな容器だった。

「ダジリンです。きっと気に入ってくださるかと思いお持ち致しました」

「ほう……これはまた珍しいものですね」

この葉はまさに稀少な存在だ。

〝大森林〟と呼ばれる広大な森林においても、この葉を見つけ出すことは非常に難しい。

そのため、収穫の時期を見極めること自体が困難であり、しかもその時期によってその葉の味わいが大きく変化するという、極めて気難しい葉であると言われている。

ヴェルグは容器の蓋をゆっくりと開けた。

その瞬間、蓋から漂う芳醇な香りが部屋に広がっていく。

甘く爽やかな香りが彼の鼻孔をくすぐり、心地よい刺激を与えてくる。

その香りは、生命の息吹、そして自然の美しさを思い起こさせるものであった。

「素晴らしい、自然が凝縮されていますね。どこで手に入れられたのです？」

『高域二十三区を探索していた時に収穫いたしました。そこで、ちょっと変わった品も拾いましてね』

「ふむ？　変わった品ですか……」

『こちらです。非常に珍しい場所に生息する魔物から採れるキノコなのですが、毒を持っていることから〝廃棄〟されることが多いんです』

　商人から差し出されたキノコは鮮やかな紫色をしていた。

　その外見からはどう見ても毒を持っているように思えたが、商人がこのような品を持ち出してきた理由を考える。

　ヴェルグは高域二十三区で採れる希少な紅茶や、珍しい場所に生息する魔物から採れるキノコなど、あらゆる情報を繋（つな）ぎ合わせて考えた。

〝破棄〟される毒キノコがなぜ品物として商人によって提示されたのか、その理由を理解しようとする。そして、彼は最終的に答えに辿（たど）り着いた。

　その理由を理解した瞬間、ヴェルグは深い笑みを浮かべる。

「なるほど、少しお待ちください。そのお話はもう少し詳しく聞きたいところですね」

　隠語で伝えてきた商人に、ヴェルグは盗み聞きしている者がいないか周囲の気配を探る。問題ないと判断したヴェルグは安堵（あんど）の溜息（ためいき）を吐（つ）いてから、改めて商人に視線を移した。

「……高域に〝廃棄番号（アンチテーゼ）〟が現れるなんて珍しいですね」

『商品名を言ってもよろしいのですか？』

「ええ、ここの部屋の防音は完璧ですから、使用人に声が届くことはありません。それ以前に私の魔法で周囲一帯を閉鎖しているので問題ありません」

ユリアが突然現れたりすることから、ヴェルグは〝結界〟を常に周囲一帯に張る癖が身についていた。今日もいつ現れてもいいように、周囲一帯に〝結界〟を張り巡らせている。これにより、密談をしていても気づかれることはないだろうし、〝結界〟を突破した場合はヴェルグがすぐに感づくことができる。

『では、お話の続きをさせていただきますが、嘘（うそ）か真（まこと）か、〝廃棄番号Ｎｏ・Ｉ（アンチテーゼナンバーワン）〟が高域二十三区に現れたという情報を掴（つか）みました』

「ふむ……それにしては〝美貌宮殿（シエンペルマ）〟が静かすぎますがね」

ヴェルグは首を傾（かし）げざるを得なかった。

先日起きた〝魔物行進（モンスターパレード）〟は結構な事件だったが、高域に〝廃棄番号Ｎｏ・Ｉ（アンチテーゼナンバーワン）〟が現れたというのは大事件だ。それこそ魔都全域に戒厳令を発令していてもおかしくはない。

人類が住む土地を魔族は〝外地〟と呼んでいるが、そこで〝廃棄番号Ｎｏ・Ｉ（アンチテーゼナンバーワン）〟の被害をあげれば枚挙に暇（いとま）がない。被害に遭っていない国はなく、多くの街が滅ぼされ、魔法協会も討伐に向かった多数のギルドが返り討ちに遭って壊滅した。

当時の聖法教会は静観していたため、さほど被害はないが、それでも村がいくつか滅ぼされている。

魔王、聖天も動いた時期もあったが討伐には成功していない。

それでも近年では〝廃棄番号Ｎｏ・Ｉ（アンチテーゼナンバーワン）〟という名も聞かなくなっていたが、最近は魔王シュラハトと衝突したという噂があったぐらいだ。

それ以上に、人的被害はなくとも〝魔法の神髄〟への対応に各国が奔走していたせいで〝廃棄番号No.I〟に関わっている状況ではなくなったのである。

『情報が錯綜しているのも静かな理由なのかもしれません。女王の〝美貌宮殿〟では〝廃棄番号〟が現れたという情報だけなのに、なぜか、外では〝廃棄番号No.I〟が現れたという情報になっているようです』

「情報の齟齬——それは狙ってやっているのでしょうね。何を目的としているのかはわかりませんが……」

〝廃棄番号〟の討伐が目的なのだろうが、数字を誤魔化すような細工をして得られる利益は何かを考えれば自ずと答えは導き出される。

「あぁ……今の〝魔都ヘルヘイム〟には魔王グリムがいましたね」

魔王グリムの抹殺も含んだ魔法都市の弱体化の線が濃厚だろう。

だが、それは本当に高域二十三区に現れたのが〝廃棄番号No.I〟だった場合の話で、それより下位の数字ならグリムに勝てるかどうか微妙なところだ。

もしかしたら多少の怪我を負わせられたら御の字と思っているのかもしれない。

魔王グリムの過去は有名だ。

そんな彼に〝廃棄番号No.I〟の出現を告げたら飛び出すに決まっている。

魔王グリムが死ぬのは構わないが、それによってアルスたちがどういった行動をとるのか、ヴェルグからしたらそちらが気になってくる。

援護できるように戦力を集めたほうがいいのか、魔都は魔法都市と違ってエルフが多い。集めようと思えば集められるだろう。しかし、そんなあからさまな支援をすれば女王に感づかれてしまう。

それを避けるには選別して少数精鋭の部隊を作るべきなのかもしれない。

もしくは、魔都で彼らの立場が悪くならないように女王に手を回しておくべきか、それとも余計なことは一切せずに静観しておくべきか。

どちらにしても、懸念が一つだけある。

アルスが〝魔法の神髄(ミーミル)〟と名乗っていることだ。

女王が〝魔法の神髄(ミーミル)〟に恨みを持っているという噂は有名であった。

もし、アルスの擁護をして聖法教会と魔都の仲が悪化することになれば、余計なことをしたと聖女に叱責されることだろう。

もし、動くとしたらその前にユリアから判断を仰いだ方がいいのかもしれない。

「はぁ……面倒ですね。今回は考えるだけ無駄な気もします。不確定要素が多すぎて手をださないほうが懸命のような気がしてきました」

深く考えた結果、ヴェルグは今回の件に関しては放置することにした。

慌てる必要はない。アルスが関わってから考えれば済むことだろう。

ヴェルグはゆっくりと情報収集に徹することに決めた。

「先読みしたつもりが見当違いの可能性もありますから——引き続き女王の周辺を注視して、情報だけを集めておいてください」

『わかりました。そちらはお任せください』

「深入りはせずとも大丈夫です。藪を突いて蛇がでてきたらたまりませんからね」

魔王グリムは好きに泳がせておいて、女王の動きに注視したほうがいいだろう。

彼女は二百年にわたり魔法協会と対立してきた経験豊かな指導者であり、その行動には十分な警戒が必要だ。

聖法教会も女王と直接手を結んでいるわけではないが、白狼を仲介にして関係を保っており、敵対する危険性を避けている。そのため、女王の意図や動きを理解することは、魔王グリムよりも重要であると考えられた。

「やることは山積みなんですけどねぇ……どうして、こうも問題が起きるのか」

聖女への好感度も高めておかなければならない。

彼女が最も重視しているのはアルスであり、聖法教会のことも気に掛けているようだが、ユリアの行動にはアルスが優先される傾向があった。したがって、ヴェルグは脅威にはならない魔王グリムよりも、何かを企んでいるだろう女王の動向を注視することを決断した。

しかし、その前にユリアに一応は状況を報告しておく必要があるだろう。

「一つ頼まれてほしいのですが、よろしいですか？」

『はっ、なんなりと』

「あなたの店舗に聖女様が近々、買い物にいらっしゃったら、タジリンの葉をお勧めして今回の情報を渡しておいてください。彼女ならそれだけで察していただけるでしょう」

『わかりました。では、本日はありがとうございました』

「ええ、また次回も珍しい物を持ってきていただけると助かります」

『善処させていただきます。それでは、これで失礼いたしますね』

エルフの商人が出て行けば、ヴェルグは嘆息を一つしてからソファに背中を預けた。

ユリアへの対応はこれでいいだろう。

「……せっかく魔法都市を離れたのに、これでは仕事で忙殺されそうですね」

タジリンの葉が入った容器を、窓から差し込む陽射しに当てた。

「それでも収穫があっただけ良しとしますか」

ヴェルグは変わりゆく紅茶葉の色で目を楽しませながら癒やされるのだった。

＊

〝失われた大地〟——高域三十六区。

草原——広大な緑の海が広がっている。

まるで自然の絨毯が敷き詰められたような美しい風景だった。

風は草の先端をそっと撫で、波立つように揺れ動く様子は、まるで草原が息づいているかのようだ。地平線の果てには群れを成す魔物たちが草を食べている姿が見える。

時折、空高く舞い上がる鳥型の魔物のさえずりが風に乗って耳に響いた。

太陽は青空の中で輝き、草原全体を明るく照らしている。

地面に視線を落とせば小さな花たちが微風に揺れる姿は、まるで彩り豊かな宝石を鏤めているかのようだ。

蝶々が花々の周りで踊り、草原全体が生命の息吹で満ちている。

時折、遠くの双子山で雷鳴が轟き、自然の力強さと美しさが合わさって見事な幻想的な風景を作りだしている。この大地には、無限の可能性と冒険が待ち受けているのだと心を躍らせる光景ばかりが広がっていた。

「うん、なかなか良さそうな狩り場だな」

と、満足そうに呟いたのはアルスだ。

左右で異なる朱黒妖瞳、まだ少年と青年の間を漂っているかのように、幼さも同居した表情は整っている。

「はぁ……来てしまったか……」

明るい表情をしているアルスの傍らで、肩を落として疲れた様子を見せているのはシオンだ。

「シオン、カレンたちの土産のためにも頑張ろうな」

魔都の上層部から外出の許可がでたアルスは早速〝魔都ヘルヘイム〟を飛び出してきたのだ。

「みんなは都合良く用事があって羨ましい限りだよ」

アルスはカレンたちも狩りに誘ったのだが残念なことに断られたのだ。

そこで何も用事がなかったシオンが強制的にアルスに連れ出されることになった。

だから、先ほどから不満そうな表情をしているのだ。

「狩りのほうが楽しいだろ。シギの付与に付き合ってたら日が暮れるぞ」

「確かにそうだが、精神的にも、肉体的にもそっちのほうが楽な気がする」

シギが〝魔物行進(モンスターパレード)〟で魔法を付与された魔石を全て使い果たしたため、カレンはギフト【炎】の魔法を提供するために狩りに同行しなかった。

その姉であるレギは〝ヴィルートギルド〟と〝ブロウバジャーギルド〟の仲間たちが〝魔物行進(モンスターパレード)〟で損傷した装備を修理するために残り、ユリアとエルザは最初は一緒に来る予定だったが、途中で急用ができたようで参加できなかった。

そのため、アルスはシオンと二人で狩りに来ることになったのだ。

「頑張るのはいいんだが……アルス、素材はそれほど持てないから考えて魔物を狩ってくれ。あとは日帰りだから、いつまで狩りをするか時間も考えてほしいな」

「了解。じゃあ、久しぶりの狩りだからな。のんびりと行くか」

と、言いながらアルスは魔物の群れに向かって駆け出した。

「……うん。知ってた」

シオンはもはや諦めの境地だった。

アルスは狩りに関しては常に嘘をつき、楽をすると口にしながらも、実際には最も困難な道を選ぶことが多い。

彼自身が真剣にそう思っているようで、何度かその違いや言葉の意味について熱心に議論したこともある。しかし、彼の行動には多少の修正が見られるものの、本質的な改善が見られるかどうかは疑わしいところだった。

「またユリアたちに協力を仰いでアルスに説明しないといけないな」

今の所シオンが戦うことはないが、いつ無茶振りされるのか戦々恐々としていた。

圧倒的な力で突き進むアルスの後ろでシオンは魔石と素材を回収していく。

「だが、やはり本職と比べると素材の回収が遅いな」

やはりギルドを設立するなら〝収納〟系統のギフトを持つメンバーが、シオンは欲しいと思った。

魔物から素材を獲りながら、先々に進んでいくアルスの背中をシオンは見つめる。

「高域三十六区の魔物を魔法すら使わずに倒せるようになったか……」

白狼との戦いでもそうだったが、更にアルスは強くなったように思える。

シオンはただ眺めているだけ、ある意味単独で狩りをしているようなものだ。

軽々と狩れるのは上位者だけだろう。

色々と考えていたらアルスが立ち止まっているのにシオンは気づいた。

「どうした？」

「いや、この珍しい魔物は何かなってな」

アルスの視線を追いかければ丸々とした紅い球体があった。

どこかで見たような気がしたシオンは記憶の片隅から情報を引き出そうとしたが、

「あれだけ魔物がいたのに、こいつには一切近づくこともなかったんだ。それに、高域じゃ珍しい単独の魔物だろ」

〝失われた大地〟の高域の魔物は主に群れで活動している。

単独で行動するのは領域主ぐらいだろう。

だから、アルスが言うように、鈍重な動きで周囲の魔物に襲われずに単独行動できている魔物は珍しいものだった。

「それともコイツは領域主なのかな？」

「それはないと思うが……領域主には独特な重圧というものが存在する。目の前にある球体の魔物からは一切そういった恐れのようなものは感じ取れない。むしろ、これは本当に魔物なのか？」

顔を近づけたシオンだったが、その隣ではアルスが腕を伸ばして奇妙な魔物の体に手を触れていた。

「……おい、アルス、無闇矢鱈に触るとたいへ――ッ!?」

唐突に紅い球体の魔物が爆発した。

威力はそれほどでもない。風に頬を撫でられたぐらいの衝撃しかなかった。

ただ厄介なのは、近づきすぎたせいで返り血を全身に浴びてしまったことだ。

「……こうなるんだ」

「ごめんな」

アルスは項垂れるシオンの肩を苦笑しながら叩いた。

シオンはその行為に対し、不機嫌な表情を浮かべている。彼女はアルスの態度に対して苛立ちを感じているようで、しかも、同時に彼が全く反省していないことにも不満を募らせているようだ。

だが、アルスが元凶でありながら、彼の身には一切の汚れがついていないことが、さらにシオンの怒りを増長させた。

「咄嗟に〝魔壁〟を使ったからな。あれが普通の血だったらオレも緑色に染まったんだろうけど、〝魔壁〟で防げたから自爆魔法なのか攻撃の一種だったみたいだな」

「……思い出した。あの魔物は〝球爆〟だ。触れると爆発して周囲に自身の血液をばらまくんだ」

「何か効果があったりするのか？」

「ああ、魔物を誘き寄せるんだ」

頭が痛むのか額を手で押さえるシオン。

そして〝球爆〟の血の匂いにおびき出された魔物の群れに、アルスたちは取り囲まれ始めていた。

「しかも……この血を洗い流さない限りずっと狙われる。だから魔物も避ける。同族にさえ狙われるからな」

シオンの説明を嬉しそうに聞いていたアルスだったが、急に肩を落として落ち込んだ様子を見せた。

「ずっと戦い続けるのも楽しそうだと思ったんだけど、時間もないことだし、川で身体を洗ってから帰るとするか」

「そうするしかなさそうだな」

シオンは同意する他なかった。魔物を引き連れて〝魔都ヘルヘイム〟に帰れるわけがない。

下手をすれば〝魔物行進(モンスターパレード)〟を誘発させたとして捕まってもおかしくないだろう。

「それじゃ、オレについてきてくれ」

軽い調子で言うと、アルスは短剣を構えて周囲の魔物を瞬殺していく。

その間も川の音を頼りに彼は立ち止まることなく歩き続けていた。

「こっちだな」

道中でも魔物に襲われたがアルスが対応する。

やがて辿(たど)り着いた先にあったのは小川だった。

水は澄み渡り、川底の小石や魚の影が透明な水面に映し出されている。

芝生の緑が川岸を覆い、微風がそよぐたびに草花はそっと揺れて、小川の流れも穏やかに動いていた。その脇には異なる花々が咲き誇っていて、甘い香りに誘われた蝶々が楽しげに飛んでいる。時折、地面に舞い降りた小鳥のさえずりが、鼓膜に優しく触れて心地よい響きを奏でていた。

そんな岸辺には座ることのできる丸太が置かれているのだが、そこには先客がいた。

「……はっ？」

一糸まとわぬ姿で、身体を拭いている女性を見たシオンが啞然(あぜん)とする。

女性もこちらに気づいたようで金黒妖瞳（オッドアイ）を向けてきて楽しげに細めた。

「あら……こんな所に人が現れるのは珍しいですわね」

太陽の陽射しが豊かな金髪を輝かせ、白い肌には淡い光が降りそそいでいた。

彼女の目には深い色気と神秘が宿っていて、まるで精霊のように幻想的な美しさを纏っている。小川の穏やかな水面、彼女の妖精の如き姿が水に映り込んでいた。

その姿はまるで夢幻のようで、決して色褪せることなく芸術品のように漂っている。

彼女は静かに微笑み、自身の胸を隠した。しなやかな動きには誘惑的な色気が漂っており、ただただ彼女の魅力を最大限に解き放っていた。

「これは見苦しいものをみせてしまいましたわ」

「別に見苦しいとは思わないけどな。綺麗な肌だし、胸が大きいのは自慢できるってエルザが言ってたしな」

アルスが肩を竦めながら答えれば、女性は驚いたように目を見開いた。

「あら……なんというか、あなた慣れてますのね？　口もよく回るようですし、いくらわたくしでもそこまで見つめられるとさすがに恥ずかしくなってくるのですが……」

「あぁ、見られるのが恥ずかしい奴もいるらしいな。それよりもシオン、魔物が寄ってくる前に血を洗い流すぞ」

アルスは未だ硬直しているシオンを抱き寄せると、手早く身包みを剥いでいく。

何度も一緒にお風呂に入っているから脱がすのなんて手慣れたものだった。

シオンは下着まで脱がされた時にようやく正気を取り戻したが、今更、照れるということもなかったのだが、なぜか興奮した様子でアルスの肩を叩いてきた。

「あ、アルス、アタシの服を脱がしてる場合じゃないぞ。目の前にいる彼女が誰だか知っているのか!?」

「いや、脱がさないと魔物が絶え間なく襲ってくるぞ? それに彼女のことは知らないな。一度会ってたら忘れないと思うんだが……」

改めて見れば絶世の美女と言える容姿をしていた。

彼女に匹敵する美貌を持つ者なんて片手で数える程度しか会ったことがない。

そんな彼女はアルスたちのやり取りをみて目を丸くしていた。

「手慣れた様子ですけど、あなたたちは恋人だったりするんですの?」

「いや、違うぞ」

アルスが否定すれば、シオンもあっさりと頷いた。

「うん、違うな。あえて言うなら主従かな」

「そ、そうですの……最近の若い方々はあまり羞恥心というものがないのかしら……」

なにやら古めかしい言い方をする彼女を無視してアルスは口を開く。

「そういえば、自己紹介がまだだったな。アルスだ、よろしく」

「……シオンだ」

アルスがいつものように短く挨拶をすれば、シオンは女性を警戒した素振りで名を口にする。

「挨拶の機会を逸しておりましたわ」

金髪の美女は、これまでの控えめな態度をやめると、自信に満ちた態度で両腰に手を当て胸を張った。

彼女が先ほどまで見せていた恥じらいや謙遜とは一線を画し、その堂々とした様は先ほどの見苦しいと恥ずかしがっていた人物と同一だとは思えない。

妖艶な微笑を浮かべながら、肩にかかった横髪を彼女は払った。

「わたくしは——リリス」

大胆不敵な笑みを浮かべながら彼女は宣言する。

「魔導十二師王が一人、第二冠を務めさせていただいてますわ」

「へぇ～……あんた魔王だったのか、それがどうしてこんなところに？」

「よくぞ聞いてくれま——って、その反応はおかしくありませんこと？」

「えっ？　なんで？」

「えっ？」

互いに向かい合ったままアルスとリリスは同時に首を傾げる。

そんな二人に向かって小川で身体を洗っていたシオンが苦笑を向けた。

「あ～……魔王リリス、アルスにその辺りの常識は通じない。魔王が現れたところで驚くほど肝が小さくないんだ。そもそも、その姿だと些か迫力に欠けるしな。ほら、裸の王様なんていないって言うだろう」

「……確かに裸の魔王なんて威厳がありませんわね」

シオンに指摘されてようやく自身の格好を思い出したのか、リリスは羞恥で顔を赤く染めると身体を隠した。

「そもそも、魔王リリスはどうして全裸なんだ？」

シオンの問いかけにリリスは下着をつけながら自嘲の笑みを浮かべる。

「〝球爆〟に誤って触れてしまって、ここで汚れを落としていたのですわ」

「同類だったか……」

親近感が湧いたのかシオンは暖かい眼差しを向けていた。

「あなたはシオンと言いましたか……その眼はやめなさいな」

不愉快そうに言ってから、リリスは近くに置いていた服に着替え始めた。

そして、着替え終えた彼女は丸太に腰を下ろすと川辺で座り込むアルスに視線を送る。

「あなたたちはお二人でここまで来たんですの？」

「そうだな」

アルスが首肯すれば、リリスは何が楽しいのか両手を叩いて喜ぶ。

「まあまあ、お二人は、お強いんですのね」

「あんたなんて――」

「あんたではなく、リリスと呼んでくださいな」

「あぁ……すまない。リリスだって一人でここまで来たんだろ？」

「ええ、でも、わたくしは慣れておりますから、なにより、魔王ですのよ」

彼女の高慢な態度は明らかに目立つものだったが、その自信に満ちた微笑みと相まって非常に似合っていて不思議なほど彼女の姿に調和していた。

そのため、口調を含めてもそうだが、嫌味っぽさを感じることなく、むしろ彼女の高慢な態度は非常に魅力的に映っていた。

「なら、オレも〝魔法の神髄(ミーミル)〟だからって言ったほうがいいかもな」

アルスが軽い調子で言えば静寂が訪れた。

小川で水浴びをしていたシオンが天を仰いで、魔王リリスは興味深そうに眼を細めている。

「真実であれ嘘(うそ)であれ、その名を騙(かた)れば、大勢の刺客に狙われるのはご存じですの？」

「ああ、だから名乗ってるんだ」

アルスは自らの成長のために、強者を引き寄せるよう努め、そのすべてを自身の成長の糧として利用している。そのため、彼は自らを〝魔法の神髄（ミーミル）〟と名乗り続けている。

「でも、残念なことにまだ刺客とやらに襲われたことはないんだけどな」

勝手に〝魔法の神髄（ミーミル）〟を名乗りだして結構な月日が経（た）っているが、まだ一度たりとも襲撃を受けたことなどない。もっと闇討ちなどされるのかと期待していたのだが拍子抜けしているのは確かだ。

「それは仕方がないでしょう。本物なのか、偽物なのか、判断がつかない状況で襲撃するなど愚かとしか言えませんもの。なにより相手が〝魔法の神髄（ミーミル）〟なら慎重を期すのは当然のことですの」

〝魔法の神髄（ミーミル）〟は、世界中の国々を嘲笑（あざわら）いながら、秘術を盗み出したとされている。

なのに、その力が未知数と言われているのは、世界中で彼と対峙（たいじ）した者は存在しないからだ。彼が引き起こす騒動は世界を賑（にぎ）わせるが、その正体や真の力は今もまだ謎に包まれている。

しかし、〝魔法の神髄（ミーミル）〟が世界中のあらゆる機関から魔法を手中に収めたのも事実であり、そのため世界最強の魔導師であることを疑問視する者はいない。

「なら、気長に待つしかなさそうだな」

欠伸（あくび）を一つしてからアルスは、その場で寝転んだ。

「刺客を気長に待つ方など聞いたことがありませんわ。あなたはちょっと変わっているようですわね」

呆れた様子の視線を投げかけながらリリスは丸太から立ち上がる。

「汚れも落としたことですし、そろそろお暇させていただきます」

「そうか、会えて良かったよ。またどこかでな」

「ええ、アルスさん、シオンさん、またどこかでお会いいたしましょう」

楽しげに声を弾ませながら、彼女は名残惜しさを感じさせることなく背を向けて去っていった。

「なんとも摑み所のない魔王だったな」

と、シオンが服を着ながら岸に上がってくる。

そんな彼女に一瞬だけ視線を奪われて、アルスが元の場所に戻したときには既にリリスの姿はなかった。

「あれは強いな」

「ほう……さすがのアルスでもわかったか……いや、わかって当然か、魔王リリスは第二冠だもんな」

シオンは胡散臭げな視線をアルスに投げながら、困惑を表情に浮かべて何度も頷いた。

彼女の少し変わった反応は至極当然のことだ。

アルスは相手の力量を大雑貨に測るので、大抵の魔導師は自分よりも強いと思っている節がある。恐らく幽閉されていた影響で、相手の魔力を感じ取るのが苦手なのだろう。

本当なら幼少の頃から他者と接触することで魔力を読み取る術を自然と覚えるものだが、アルスの場合は幽閉されていたとき、他者と接触することはなかった。

そういった理由で、あまりアルスの強いという言葉は参考にならなかったりする。

「第二冠か……いずれは越えなきゃいけない相手だな」

「ふむ……前に魔王グリムと話していた〝魔帝〟になる条件というやつだな」

と、言いながらシオンは寝転ぶアルスの隣に静かに腰を降ろした。

〝魔帝〟が存在したのは遥か昔の出来事であり、現在に至るまで誰一人として同地位に就いた者はいない。

だから、現魔王でもあるグリムでも〝魔帝〟になる条件はわからなかった。

そもそも、魔法協会は実力主義であり、魔王になるにも力を示さなければならない。

ならば、〝魔帝〟になるためには全ての魔王を倒して、自身の力を証明すれば異議を唱える者はいなくなるだろうというのが魔王グリムの見解だった。

「ああ、魔王の全てを倒さないと〝魔帝〟になれないようだからな」

「あまりにも短絡的な思考すぎて呆れる他ないが、それ以外で有力な情報というものがないからなぁ」

魔帝になるのに魔王を全て従わせるのは間違いないだろう。だからと言って、一度負けた程度で、はい、そうですか、と簡単に従うような連中が魔王なんぞになるわけがない。力を示したところでついてこなかった場合はどうなるのか、まったくもって未知の領域すぎて頭の痛い問題だった。

「いずれにせよ、魔帝を目指すなら魔王の連中とはどこかで衝突する。遅かれ早かれの問題だと思うしな」

アルスの言も尤もな話だった。魔帝を目指すなら必ず魔王とは衝突するだろう。自我の強い連中ばかり、話し合いなどに持ち込めるような生やさしい相手なんかじゃない。

「今はいくら考えたところで意味はないさ。いずれ巡りに巡ってくるもんだ」

遠い目をしたアルスの横顔を見たシオンは首を傾げた。

「まるで経験者のような口振りだな」

「ああ、受け売りだけどな。でも、待ち続けたおかげで確かに得るものはあったよ」

「そうか……どんな答えを得たのか聞いてもいいか？」

シオンの問いかけに笑みを深めたアルスは天に手を伸ばす。

「――自由だ」

第三章　悪夢

〝失われた大地〟の高域二十七区は荒れ地だ。

風が枯れた草原をなでるように吹き抜けて、大地の浅い呼吸が遥か彼方から聞こえてくる。砂塵が舞い上がっては、枯れ木の影が釣られて踊る。

太陽は容赦なく照りつけ、その光は地面を焼き尽くすように灼熱となっていた。

見渡す限りの荒涼たる土地には、かつて繁栄を極めた都市の跡が残されている。

今ではただ瓦礫と草むらだけがその面影を伝えており、焼け焦げた建物の残骸は風化して、砂の中に埋もれてしまっていた。石灰岩が屹立する姿は、古代の文明の栄華と滅びを物語っている。

荒野には生命の痕跡はまばらで、ただ不気味な静寂だけが支配する。

たまに風が吹く度に、それは悲鳴のような音となって世界に響き渡っていた。

枯れ果てた木々の影は不気味な雰囲気を纏っていて、かつては地上一面に咲いていただろう緑は色を失って命を散らしていた。

この地に足を踏み入れる者は、まるで自然の荒廃と死の息吹が彼らを呼び寄せているかのように感じることだろう。

「……警戒を怠るなよ」

荒れ地を突き進みながら、ぽつりと呟いたのはグリムだ。

女王の使者から〝廃棄番号Ｎｏ．Ⅰ〟が現れたという情報を手にして、高域二十三区を目指して二十七区までグリムはやってきていた。

彼に付き従っているのはキリシャ、ノミエ、ガルムの三名で少数精鋭だ。

そんな周囲を警戒しながら進んでいた彼らの前に唐突に人影が過った。

「おや、これはまた珍しい……このような場所に実力者がいるとは思いませんでした」

現れたのは左眼が隠れた二本角を持った上級魔族。

「その魔力量、なかなかの手練れと見受けました」

上級魔族の男がのんびりと呟けば、その周囲に魔族が集まってくる。

額の角が一本、五体の中級魔族が彼に付き従っていた。

ここは〝失われた大地〟の〝魔都ヘルヘイム〟がある高域、魔族がいてもおかしくはない。

魔物を狩っていれば、稀にだがこうして魔族と出会うこともあった。

だが、人類からすれば魔物も魔族も変わらない。

だから戦闘になることも多々あった。

けれども、他の領域ならともかく、高域ともなれば〝魔都ヘルヘイム〟のお膝元だ。

女王の関係者という可能性も大いにあった。

女王に出張られても面倒なので、グリムは一応は尋ねておくことにする。

「あぁ、一応聞いておくが……てめェの所属はどこだ？」

グリムが問いかけるも、魔族からの返答はない。

挑発的に笑みを深めるだけだ。

やがて、ゆっくりと、まるで神経を逆なでするように、魔族の男は口を開いた。

「ふふっ、気になりますか？　教えてほしいですか？」

馬鹿にするように鼻を鳴らして、大袈裟(おおげさ)な手振りで仲間と共に笑う。

「おい！　マスターが尋ねてんのに、何笑ってやがんだ！」

怒りで顔を真っ赤にしたガルムが飛びかかろうとしたが、その前に腕を差し出したグリムが止める。

「ガルム、落ち着け」

「ですが、マスター！」

「いいから、安い挑発に乗せられてんじゃねェよ」

グリムがガルムの肩を叩(たた)いて睨(にら)みつけると彼は大人しく引き下がっていった。

そして、改めて魔族にグリムは目を向ける。

「面白くありませんね。噂(うわさ)では短絡的だと聞いていたのですが……それとも部下が先に騒いだことで逆に冷静になったというやつですか」

「なんで、てめェみたいな奴（やつ）を喜ばせるために怒らなきゃなんねェんだよ。そもそも、誰から俺のことを聞いたのか教えて欲しいもんだが……自分の所属を答えるつもりはねェのか？」

「ふふっ、失礼。巫山戯（ふざけ）てしまったのは謝罪しましょう。まさか魔王に出会えるとは思わなかったもので……なので、謝罪の代わりと言ってはなんですが、私のことも教えましょう」

魔族の男がまるで構えるかのように腰を落とした。

「〝廃棄番号Ｎｏ.Ⅴ（アンチテーゼナンバーファイヴ）〟です。お見知りおきを――痛みと共に、ね」

魔族の両腕が霞（かす）む。

瞬く間の出来事、放たれたのは投剣だった。

空気を切り裂いて飛んで来る凄（すさ）まじい投剣を、グリムは鼻を鳴らして打ち落とす。

自信の得物である巨鎌をグリムは軽々と振り回した。

「はっ、やってくれんじゃねェか、死が望みだったら最初から言いやがれッ！」

「望み通りに戦ってあげますよ。ほら、皆さんも戦いなさい」

〝廃棄番号Ｎｏ.Ⅴ（アンチテーゼナンバーファイヴ）〟が周囲の魔族を促せば、彼らもまたキリシャたちに向かって駆け出した。

「キリシャ！　そっちは任せるぞ！」

グリムが声をあげれば、キリシャがいつもの笑顔で応える。

「はいはい～！　任せといて！」

「ちょっ、サブマスター、魔族ですよ。五人もいるんス――いてっ!?」

ガルムが慌てた様子で言うが、その後頭部を叩く人物がいた。

「あんたは落ち着きなよ。どれも一本角じゃないか、中級魔族ならあんただって相手したことあんだろ」

ノミエが呆れた様子で弟のガルムを見る。

「いやいや、姉貴。相手は五人もいやがるんだ。しかも、魔族なんだぜ？」

「……うるさいねぇ」

もう一度、弟を殴ろうとノミエが腕を振り上げた時、天真爛漫な声が割り込んできた。

「はいはい、二人とも後で言い合いしようね。ガルちゃん、大丈夫だよ。キリシャが三人受け持ってあげるからさ」

「さすが、サブマスター！」

「キリシャ嬢……あんまりコイツを甘やかすと駄目だよ。全然強くならないからね」

嘆息するノミエににへらと笑い返すキリシャ、それを崇めるようにガルムは地面に伏せている。そんな三者三様に無視された五人の中級魔族は、怒りを滲ませた形相で三人に襲い掛かった。

『ふざけた連中だ！　我々を舐めすぎないことだな。中級とは言え――ッ』

最初に飛びかかってきた魔族の男は最後まで言い終えることができなかった。

なぜなら、

「あっ、言ってなかったけど、キリシャの可愛い幻想狼がいるから気をつけてね」

キリシャのギフト【幻獣】によって生み出された〝白狼〟と瓜二つの幻想狼は、魔族の一人の首を噛み千切ると、キリシャを守るように前に立ち塞がっていた。

『……〝白狼〟だと？　なぜ、こんなところに……』

作り出された幻獣を見て驚いている中級魔族たちは後退っていく。

「あー……本物じゃないよ。キリシャのギフトで生み出した幻獣なんだ」

『そんな馬鹿な。ありえん、〝幻獣〟は――ッ!?』

唖然と眺めていた中級魔族がまた一人、幻想狼によって首を刎ねられた。

「これで三対三だね。ノミちゃんと、ガルちゃんにも獲物をわけてあげるね！」

「いや、もうここまで来たら別にサブマスター一人でよくないっスか？」

圧倒的な戦いを眺めていたガルムは釈然としない表情で呟いた。

「しばらく魔族の相手をしてなかったんだから、勘を取り戻すためにも一人ぐらいは殺っておきな」

殺伐と弛緩が混ざり合うという奇妙な空間を横目にしたグリムは安堵していた。

そんな揺れ動く彼の感情に気づいたのか、〝廃棄番号Ｎｏ・Ｖ〟が笑みを浮かべる。

「おや、お仲間が心配ですか？」

「あっ？　別に心配なんざしてねェよ」

照れ隠しのように吐き捨てるグリムを見て、〝廃棄番号Ｎｏ・Ｖ〟は眉を顰める。

「本当にあなた魔王グリムなんですか？」

「それ以外に何に見えるってんだよ」

「噂とはかなり違うようで困惑している次第です。成りすましとか、影武者なんてことはありませんよね？」

「くだらねェこと言ってんな。それよりも、いいのかよ」

「なにがですか？」

「助けなくてもいいのかって聞いてんだよ。てめェが呑気に話してる間にも部下が死んでいくぜ？」

キリシャはあっさり三人の中級魔族を仕留めた。今はガルムとノミエの戦いを見守っている。後の二人も苦戦はしておらず、押しているため勝利を摑むのも時間の問題だ。

「問題ありませんよ。むしろ、彼らは役割をきちんと理解しているようです」

「仲間が死んでるってのにニヤニヤしやがって気味が悪い野郎だな」

グリムには理解ができなかった。

目の前で仲間が次々と殺されていっても〝廃棄番号No.V〟の表情は、まるで氷のように冷たく静かだった。彼の目は冷たい光を宿し、その顔には一切の感情の変化が見られなかった。

動揺も、困惑も、取り乱すことなく粛々と結果だけを受け止めている。

「では、我々も戦いましょう」

幾多の投剣が四方から魔王グリムに襲い掛かった。その数はまるで暴風雨のように、容赦なく彼を包み込むように降り注いでくる。

しかし、その嵐の中でも、グリムは静かに立ち向かった。

大鎌を手に、彼は一振りごとに襲い来る投剣を叩き落とす。その動きはまるで舞いのように優雅で、しかし同時に恐るべき力強さを秘めていた。

一本、また一本と投剣が彼の大鎌によって弾き飛ばされ、周囲に響く金属音が戦場を覆った。そして、最後の一投剣が飛んできた。それを受け止め、グリムは首をわずかに傾げる。

「おい、これで勝てると本気で思ってんのか？　魔法も使わずに投剣だけで、俺を殺せると思ってんだな？」

「そうですね。勝てると思いますよ？　最近聞いた話では、どこぞの名も無き魔導師に敗北したそうじゃないですか。悪逆非道の魔王グリム――その本当の姿は仲間想(おも)いで口数が多く、戦う相手すら気遣う優しさを見せる軟弱な魔王――その程度の相手なら、ただただ投剣を投げつけるだけで良いと判断しただけですよ」

それはあからさまな挑発であり、相手を焦らせるための罠(わな)のようにも思えた。

しかし、グリムはその挑発にあえて応じることにする。

「……はぁ、確かに負けはしたがな。否定はしねぇよ。それでも、まだ一応は魔王を名乗ってんだよ」

大地を蹴ったグリムは〝廃棄番号Ｎｏ．Ｖ(アンチテーゼナンバーファイヴ)〟に肉薄する。

「てめェが俺に勝ったわけじゃねェだろ？　それが俺より強い理由にはなんねェだろうが――」

グリムは勢いよく大鎌を振るう。

「格下があんまり舐めてると殺すぞ！」

「がッ!?」

〝廃棄番号Ｎｏ．Ｖ(アンチテーゼナンバーファイヴ)〟は大鎌の攻撃を避けることには成功した。だが、それを予測していたグリムは反対方向から蹴りを〝廃棄番号Ｎｏ．Ｖ(アンチテーゼナンバーファイヴ)〟の側頭部に決める。

〝廃棄番号Ｎｏ．Ｖ(アンチテーゼナンバーファイヴ)〟は地面を跳ねながら吹き飛んでいく。その様子を眺めながら、視線をずらしたグリムはキリシャたちを見た。

すでに中級魔族たちの討伐は終わっていたようだ。

相手は〝廃棄番号(アンチテーゼ)〟の部下だから殺してしまっても、〝魔都ヘルヘイム〟から文句を言われることはないだろう。

あとは自分が〝廃棄番号(アンチテーゼ)〟を始末するだけだと、改めて〝廃棄番号No.V(アンチテーゼナンバーファイヴ)〟に視線を送ったグリムだったが、地面から起き上がった相手は相変わらずの笑みを浮かべていた。

「てめェが魔法を使わないならそれでいい。徹底的に潰すだけだ」

「……さすが、魔王グリムですね。今の一撃はなかなかでしたよ」

〝廃棄番号No.V(アンチテーゼナンバーファイヴ)〟は側頭部を撫(な)でながら口端を吊(つ)り上げる。額が割れて大量の血が流れ出ているが気にした様子はない。

「そうかい、てめぇの口上も聞き飽きた」

グリムは一直線に〝廃棄番号No.V(アンチテーゼナンバーファイヴ)〟に駆け出していく。

相変わらず投剣だけの攻撃に、グリムは失望を露(あら)わに弾き返していく。

「なら、殺せるだけの実力を見せていただけませんかね」

「もうここで死んどけよ」

「上等だよ。俺の強さを存分に思い知らせて、贅沢(ぜいたく)に魔法で殺してやる」

先ほどと一緒、安い挑発だ。グリムは理解しながらも、既に我慢も限界を迎えつつあったことで、不機嫌を露わに唾を吐き捨てた。

「〝幻覚〟」

グリムは詠唱破棄する。

〝廃棄番号No.V〟は身構えるが、目に見えた効果が現れることはなかった。

予想外の展開だったようで〝廃棄番号No.V〟は目を丸くする。

別に怒りのままに唱えたことで魔法が失敗したというわけではない。

現に当の本人であるグリムの顔に焦った様子はなく、戸惑う〝廃棄番号No.V〟を見て満足げな笑みを浮かべながら次の一手を放った。

「ほら、驚いてんじゃねェよ。右から蹴りをいれるぞ」

わざわざ攻撃を宣言したグリムに、〝廃棄番号No.V〟は左腕をあげて防御の構えをとった。その表情は困惑の色に染まっていたが、疑問の答えを得る間をグリムは与えてくれない。そして、なぜか〝廃棄番号No.V〟はグリムの足を勢いよく顔面で受け止めてしまう。鼻から血が噴き出して、口からは白い塊がいくつか飛び出した。

「あっ、がぁ!? はぁ?」

〝廃棄番号No.V〟は痛みに耐えながらも、自らの身体に起きた出来事を理解しようとしていた。手で傷つけられた場所に触れ、鼻から血が流れていることを確認した彼の表情は驚きと困惑に満ちている。

「確かに防いだはずなんですが……いったいどうなっているんです?」

「そう簡単に教えたら面白くないだろ」グリムは小馬鹿にするように鼻を鳴らすと、見せびらかすように左手をふらふらと振った。

「次は左から顔を殴るぞ。防いでみろよ」

再びの宣言に〝廃棄番号Ｎｏ．Ｖ（アンチテーゼナンバーファイヴ）〟は右腕をあげて攻撃に備えるも気づけば衝撃によって首が後ろに反れていた。

「……がはっ、はぁ……やはり、先ほどの……魔法ですか……」

地面に仰向け（あおむ）に倒れた〝廃棄番号Ｎｏ．Ｖ（アンチテーゼナンバーファイヴ）〟は空を見つめながら呟（つぶや）いた。

やがて地面に手をついて起き上がった〝廃棄番号Ｎｏ．Ｖ（アンチテーゼナンバーファイヴ）〟は口元の血を拭いながら舌を回し続ける。

「確か〝幻覚〟でしたか、そのままの意味で受け止めるなら……これまでのあなたの言葉は嘘（うそ）で、私はありもしない攻撃を防ごうとして、逆からの攻撃をもらった、ということなのでしょうね」

これまでの状況から分析したのだろう。たった二回の攻防だけで核心に辿（たど）り着いたのを見て、グリムは感心したように顎を撫でた。

「まあ、正解のようなもんだが……その反対なんだよ。〝幻覚〟は相手の行動を狂わせる効果があって、俺の言葉に嘘偽りはない」

「つまり……」

「お前はこれまで俺の攻撃を防ごうとしただけ――そう〝幻覚〟に思わされただけで、実際には行動に移していなかっただけのことだ」

「ははっ、なるほど、私はただ無防備に攻撃を受け続けただけのことですか……」

自身の推察が近くとも外れていたことで、羞恥心が芽生えたのか〝廃棄番号No・V〟は誤魔化すように苦笑した。

「しかし、それほどの魔法を詠唱破棄とは……さすが魔王と言うべきなのでしょうね」

「ああ、良いモノ見たろ？　だから、冥土の土産に持っていくといいぜ」

グリムはそう言い放つと大地を蹴った。

至近距離まで詰めると、大鎌を容赦なく振り下ろす。

大雑把で隙だらけ、まるで子供が振ったかのような攻撃、そこに魔王の膂力というものが付け加えられているが、素人でなければ避けることは容易い。

ましてや、身体能力に優れた魔族であれば躱すことは簡単だったはずだ。

だが、〝廃棄番号No・V〟の足は動かなかった。

なぜなら、グリムの魔法である〝幻覚〟が効いているのか、それとも効果が切れているのか、どちらなのか判断ができずに躊躇してしまったからだ。

だから、児戯にも等しい攻撃はあっさりと決まる。

「最初から……どう勝つか、その道筋はできていたというわけですか……」

身体から血飛沫(ちしぶき)をあげながら〝廃棄番号Ｎｏ．Ⅴ(アンチテーゼナンバーファイヴ)〟は大地に倒れ込んだ。

「何を企(たくら)んでいたのか知らねェが、いくら相手が舐(な)めてるからって俺は油断なんてしねェぞ。それで一度は痛い目を見てるからな」

グリムは〝廃棄番号Ｎｏ．Ⅴ(アンチテーゼナンバーファイヴ)〟の頭を踏みつけると冷めた眼(め)で見下ろした。

「つまんねェ戦いだったな」

「本当に？」

追い詰められているというのに、〝廃棄番号Ｎｏ．Ⅴ(アンチテーゼナンバーファイヴ)〟の態度は当初と変わらない。

「楽しめたと思いますがね。コイツは一体何を企んでいるのか、何がしたいのか、思考を回転させたことでしょう。強気な態度を保つことで不安を押し潰したんじゃありませんか？」

「かもしれねェな。けど、今倒れてるのはてめェで、死にそうなのもてめェだ」

挑発を一顧だにせず、グリムは下から睨(にら)みつけてくる〝廃棄番号Ｎｏ．Ⅴ(アンチテーゼナンバーファイヴ)〟と視線を交差させた。

「とりあえず、聞いておくが、〝廃棄番号Ｎｏ．Ⅰ(アンチテーゼナンバーワン)〟はどこにいやがる？」

「…………素直に言うと思っていますか？」

返ってきたのは失笑だ。

グリムは〝廃棄番号Ｎｏ．Ｖ（アンチテーゼナンバーファイヴ）〟の態度に違和感を拭えずにいた。

先ほどから挑発的な言動を繰り返すだけで、その割には自身の力を示すことはない。

何かを企んでいるのは間違いないのだが、ここから逆転できるほどの策を持ち合わせているとも思えない。

「あっちは完全に終わったようだ。なら、こっちも終わらせるぞ」

既にキリシャたちの戦いも終わっている。しかし、彼女たちが近づいてくることはない。なぜなら、敵に捕らえられてしまい、人質として利用される可能性があるためだ。そのような危険を避けるため、彼女たちは行動を控えているのだ。

「……これでＶか、数字の割りには弱すぎたな」

命を刈り取るべく、グリムは刃を〝廃棄番号Ｎｏ．Ｖ（アンチテーゼナンバーファイヴ）〟に近づける。

しかし、死の淵（ふち）に立たされても〝廃棄番号Ｎｏ．Ｖ（アンチテーゼナンバーファイヴ）〟の表情が変わることはなかった。

「Ｖより下位の数字などあってないようなものですよ。入れ替わりも激しくて、知らない間に増えていたりもしますからね」

「てめェらは追放された時に女王から数字が与えられるんだったな？」

〝魔都ヘルヘイム〟を追放された魔族は〝失われた大地〟の外――人類圏に放逐される。

力を持て余した彼らは追放された怒りと共に、村や町を襲って甚大な被害をだすことから人々から恐れられていた。だから、魔族は見つけ次第殺しても罪には問われない等、人類圏では保護されることのない種族としても有名だった。

興味を覚えたグリムが質問すれば、〝廃棄番号Ｎｏ．Ｖ〟は素直に頷いた。

「ええ、我々は空いている番号を与えられて追放されます。身体には罪人の証――私であれば左眼のＶのように数字を刻まれてね」

一拍の間を置いてから〝廃棄番号Ｎｏ．Ｖ〟は続けて口を開いた。

「ただし、Ｖよりも上位の数字に関しては――あの別次元の強さを持つ御方たちは自ら身体に数字を刻んでいるんです」

「へぇ……初耳だなそりゃ」

「それはそうでしょう。魔族側からわざわざ伝える話でもありませんからね」

聞かれたら答える――〝廃棄番号Ｎｏ．Ｖ〟はそんな口振りであったが、実際は秘匿情報の一つのはずだ。

なぜ、この状況で明かしてきたのか、グリムが思案している間にも〝廃棄番号Ｎｏ．Ｖ〟の話は続いていた。

「女王ですら手を焼いていたのが上位陣ですよ。彼らが大人しく数字を刻まれるはずもない。彼らは〝失われた大地〟から自ら去って、前任者を殺すとその数字を奪って身体の一部に数字を刻むのです」

「ふぅん……それを俺に伝えた意味はなんだ」

「理由が必要ですか？」

「てめぇは出会ってからずっと胡散臭(うさんくさ)いんだよ。いきなり〝廃棄番号(アンチテーゼ)〟の数字の意味を教えるなんざ、気持ち悪すぎて吐き気がするぜ」

「知っていてもらいたいのですよ。上位の皆様は、あなた程度の実力では勝てないということを伝えたかった」

「はっ、忠告ありがとよ。涙がでる前にてめぇを殺しとくとするぜ」

急に親身になった理由を問いただしたところで、〝廃棄番号(アンチテーゼ)Ｎｏ.Ｖ(ナンバーファイヴ)〟は口を割ることはないだろう。時間稼ぎが目的だとしても、彼の振る舞いはあまりにも不気味であり、ここで始末しておくほうが安全だとグリムは判断した。

だからグリムは〝廃棄番号(アンチテーゼ)Ｎｏ.Ｖ(ナンバーファイヴ)〟にトドメを刺そうと大鎌を振り上げる。

「おいおい、五番、派手にやられてんじゃん」

唐突に割って入った声に、全ての視線が吸い寄せられる。

すると、その場には傲岸不遜な態度を持つ上級魔族が立っていた。

彼の額からは二本の角が伸び、肌の色は日焼けによるものか浅黒い。

しかし、彼の存在はただそこにいるだけで、異様な空気を感じさせた。

強烈な存在感、立ち止まっているだけで周囲に威圧感を与え、まるで重い物が腹の奥底に置かれたかのような感覚を覚えてしまう。

空気は重く、風は痛い。完全にこの空間は突如として現れた魔族によって支配された。

「貴様が、魔王グリムだっけ？　そいつを派手に殺したいところなんだろうけどさ、逃がしてやってくんねぇかな」

グリムに踏まれている〝廃棄番号Ｎｏ．Ｖ〟を指しながら、唐突に現れた新たな魔族は、へらへらと緊張感の欠片もない態度で言ってくる。

「あ？　逃がすわけねェだろうが、舐めたこと言ってんじゃねェぞ」

「だよなぁ。俺でもそうするわ。なら、提案なんだけど、あんたを殺さない代わりに、そいつを助けるってのはど～だい？」

「ふざけんな」

新たに現れた魔族に臆することなくグリムは提案を蹴った。

「そうかい、なら、遠慮はしねぇよ？」

魔族が呟いた瞬間、その姿が掻き消える。

グリムは瞬時に視線を巡らせるが、唐突に彼の視界は暗転した。

「なん……っ！」

気づけば地面に尻餅をついていた。

殴られたわけでもない。蹴られたわけでもない。

攻撃など一切受けておらず、その場で足を払われて倒されただけだった。

「覚えておけよ。〝廃棄番号Ｎｏ．Ⅲ（アンチテーゼナンバースリー）〟フニングニルだ。今からあんたを拷問した後、派手に殺してやる優しい男の名だ。俺の名を呼びながら苦しみ抜いて死んでくれるとありがたい」

残虐性を垣間見（かいまみ）せる言動の折、彼の首元にはⅢの数字が刻まれていた。

「おら、魔王グリム、呆（ほう）けてんじゃねぇぞ！」

凄（すさ）まじい勢いでフニングニルが蹴りを放てば、グリムは両腕を交差させて受け止める。

しかし、衝撃を殺すことはできずに吹き飛んだ。

凄まじい土埃（つちぼこり）をあげながらグリムが止まれば、フニングニルは〝廃棄番号Ｎｏ．Ｖ（アンチテーゼナンバーファイヴ）〟に手を貸して立たせているところだった。

「おーおー、五番、派手にやられたな。しっかりしろよ」

「助けていただいて感謝します」

「大丈夫かよ。派手に血でまくってんじゃん。死にはしないよな？」

「この程度で死にはしませんよ。それで役目は果たせたようですね」

「おう、もう十分だ。〝曰く付き〟だったから慎重な行動を心掛けたが、そこまでのもんじゃねぇな」

「実力は確かではあるんですけど、彼は〝到達〟できていないようですからね」

「〝廃棄番号Ｎｏ．Ⅰ（アンチテーゼナンバーワン）〟は派手に心配しすぎなんだよな。まあ、五番のお仕事は終わったし、もういいから休んでおけ、怪我しないように離れてな。暇だったら寝ててもいーぜ」

「では、お言葉に甘えてそうさせていただきます」

〝廃棄番号No.Ⅴ〟は頭を下げて二歩ほど下がった。それを見届けたフニングニルの視線はグリムを探し回る。するとキリシャたちのところまで吹き飛んだグリムを見つけた。

その瞬間に冷酷な微笑みをフニングニルは唇に乗せる。

「待たせたな、魔王グリム、続きを始めようか！」

両腕を広げたフニングニルの魔力が膨れ上がる。

「四人でかかってきていーぜ、派手に殺してやるからよ」

告げると同時にフニングニルの姿が消えた。

「ちっ」

グリムが舌打ちをしてフニングニルの姿を探すが、その視界に映ったのは彼の部下であるガルムが吹き飛ぶ姿だった。

「ガルちゃん！」

キリシャの声に反応してグリムは大地を蹴る。

ノミエの前まで移動すると、唐突に目の前に現れたフニングニルが伸ばしてきた手を寸前でグリムが止めた。

「ワンちゃん、やっちゃえ！」

キリシャが創造した〝白狼（フェンリル）〟がフニングニルに襲い掛かった。

「欠伸（あくび）がでるほど遅いな」

フニングニルはあっさりと〝白狼（フェンリル）〟の頭を片手で握り潰してしまう。

「脆（もろ）いな……本物と比べるのも失礼ってなもんだな。重圧からして全然違うけどな」

と、呟（つぶや）いていたが、次の瞬間——キリシャとの距離を蹴り潰して、彼女の鳩尾（みぞおち）を狙って蹴りが放たれる。だが、先回りしたグリムの足と衝突して相殺された。

「へぇ～……魔王グリム、なかなか速いじゃん」

「てめェに褒められたところで嬉（うれ）しくもねェな」

会話をしている間に、グリムはキリシャの襟首を摑（つか）むとノミエに向かって放り投げた。

「ノミエ！　ガルムも拾って〝魔都ヘルヘイム〟まで走れ！」

理由を聞くこともなく、ノミエは力強く頷くと、キリシャを受け止めてからガルムの首を摑んで走り出した。

「あんな速度で逃げられると思ってんの？」

隣に立つフニングニルが問いかけてきたが、グリムは彼を横目で睨みつけた。

「さあ、てめェに逃げる奴（やつ）を追う趣味があるなら無理かもな」

「くくっ、あるけど、今は魔王グリムに興味があるから素直に逃がしてやるよ」

「はっ、感謝したほうがいいのか？」

「必要ないね。それに、せっかく俺に擦り傷ぐらいならつけられる好機だったのに勿体ないと思わなかったのか？」

「まさか、そんな好機、あいつらが残っている限りなかったさ」

「ふぅん」

強気な態度のグリムを見て、興味深そうにフニングニルは眼を細めた。

「認めてやる。てめェは強い。だから、殺すのに全力をだしてやる」

グリムは獰猛な笑みを見せて、闘争本能を曝け出す。

「一つ教えてやるよ。あいつらを逃がしたのは巻き込まないためだ」

グリムの身体から膨れ上がる魔力が、周囲の空間を歪ませ始めた。

その膨大な魔力量は、まさに魔王としての威厳を示すものであり、その力の凄まじさに反応を示したのはフニングニルだ。

「いいじゃねぇか！　ははっ、最初から全力だしておけよ！　なぁ、魔王グリム！」

「うるせェよ！」

と、言ってから、グリムは何か面白いことを思いついたのか口端を吊り上げた。

「てめェの言葉を借りるなら――」

大鎌を構えたグリムは地面を蹴りつける。

「派手に死ね」

一直線に突っ込んでくるグリムを見て、フニングニルは楽しげな笑みを浮かべる。

「その意気だ。派手に楽しませろ！」

両者が衝突すると、凄まじい衝撃波が発生して、地面が抉られるような様相となる。

その激しい衝突によって、周囲は砂埃に包まれ、世界は荒々しく閉ざされるのだった。

＊

〈美貌宮殿〉中庭には美しい花畑が広がっている。

女王が厳選した様々な種類の色とりどりの花々が風に揺れ、その香りが庭全体に漂っていた。

そんな中庭の一角には、優雅な椅子やテーブルが配置され、そこで贅沢なひとときを過ごすことができるように、鮮やかな色合いの花々が飾られた花壇や、高級な紅茶が供されている。そんな優美な時間を独占して、椅子に座っているのは〝魔都ヘルヘイム〟の女王だ。

「今日は悪戯な風が多いですわね」

爽やかな風を受けて、横髪を押さえた女王は、くすりと微笑む。

「いくつか突発的に発生しているようですな。煩わしいのであれば排除させていただきますが？」

近くに控えていたセバスは女王の雑談に付き合う。

今の女王はフードを被(かぶ)っていない状態で姿を隠していない。

魔王リリスとしての姿がそこにはあった。

しかし、この女王の庭園にはリリスの命令以外で近づける者はいない。

唯一の例外として自由な出入りが認められているのはセバスだけであった。

「必要ありませんの。魔王グリムが五番目を止めたようですわ」

「特殊個体ですね。あれの言動には魔王グリム様も戸惑ったのではありませんか、あれは殺すのを躊躇(ためら)わせる。いつも意味のありそうな言葉を使うので気になってしまうようですな」

「ええ、彼のギフトは戦闘には向きませんし、生き残るためにああいった言動をするようになったみたいですわ」

テーブルの上に落ちた花びらを手の平に乗せたリリスは、ふっと息を吹きかけて飛ばす。

「五番目がグリムに殺されかけてヒヤヒヤしましたが、割って入った三番目が助けたようですの」

「それは良うございましたな。あれが死んだら色々と計画に支障がでるでしょう」

「ええ、ですが、〝廃棄番号(アンチテーゼ)〟たちにとっても五番目は重要ですからね。必ず助けに入ると思っていましたが……三番目とは意外でした」

苦悩を示すように目を伏せたリリスの睫毛が健気に震える。

「ふむ、上位の数字が来ているとなると……彼らの実力は別格ですからな。魔王グリム様は勝てますかな？」

「勝てませんわ」

リリスは先ほどまでの微笑を引っ込めると、真面目な表情で断言した。

「今のグリムさんではどんなに卑怯な手を使っても勝てる道筋はありませんの」

「なら、如何するのです？　見捨てるという選択肢は——いや、そのまま三番目に任せれば、都合良く魔王の椅子が一つ空きますね」

セバスは興味深そうに唸ると、どうするつもりかとリリスに視線で訴えかけてくる。

しかし、口を開くこともせずリリスはフードを被った。

深い影に覆われたせいで美しい顔は見えなくなり、引き結ばれた唇だけがかろうじて見えている。

やがて、リリスは手を叩いた。

別にセバスの視線から逃れるためにフードを被ったわけではない。

目の前に音もなく現れた人物を呼び出すために顔を隠しただけのことだった。

「女王陛下、お呼びですか」

現れたのは六欲天（シュテルン）の一人——王衆天（シャトウ）だ。

「ええ、王衆天（シャトウ）、あなたにしてもらいたいことがあります」

彼女の表情は穏やかであり、声音も柔らかく、さっきとはまるで別人のように感じられるほどだ。この変化によって、先ほどのリリスと同一人物であることを疑う者はいないだろう。その声には妙な心地よさがあり、彼女の変幻自在な振る舞いによって、誰が相手であっても惑わせることができそうだ。

「何なりとお命じください。我ら六欲天（シュテルン）は女王陛下のために存在するのですから」

王衆天（シャトウ）は主に女王の使者や伝令という役目を負っている。

裏方の仕事が多く、地味だと思われがちだが、重要な情報を扱ったりすることもあるため実力は自他共に高い評価を受けている。

「あなたにはエルフ特別区画にある〝第九使徒（テイサ）〟の屋敷に行ってもらいます」

「かしこまりました」

「〝廃棄番号（アンチテーゼ）〟の三番目がでたと〝第九使徒（テイサ）〟に伝えてください。用件はそれだけです。行きなさい」

「はっ、では、失礼します」

王衆天（シャトウ）は疑問に思わず、ただ忠実に伝令の役目を果たすべく姿を消した。

それを見送ったセバスが、女王に視線と共に疑問をぶつける。

「五番目をわざと伏せたようですが……巻き込まれるのを嫌ったのですな？」

「あれは本当に貴重なギフトを所持していますの」

セバスだけになったのでリリスは隠すことなく本性を曝け出した。

面倒そうにフードもとって、セバスが淹(い)れた紅茶の香りを楽しみながら口に含む。

満足そうに微笑んでから先ほどの続きを口にした。

「固執はしておりませんけど、だからと言って粗雑に扱って失われていいわけではありませんの」

聖法教会所属の〝第九使徒(テイサ)〟のヴェルグは頭の良い男だ。

〝廃棄番号Ｎｏ．Ⅲ(アンチテーゼナンバースリー)〟の情報だけを渡した理由はすぐに察してくれるだろう。

聖法教会にも独自の情報網があるはずで、〝廃棄番号Ｎｏ．Ⅴ(アンチテーゼナンバーファイヴ)〟の情報は既に掴んでいるはずだ。だからリリスからの報告からその存在が漏れていることを知れば、遠回しに五番目は見逃せということに気づくだろう。

「曲解された時は諦めるしかありませんけどね。それに〝廃棄番号(アンチテーゼ)〟の情報を手渡すにも理由があるのですわ」

「あちらには聖女様がいましたな。ヴェルグ様を通して、こちらの動きを探っている節があるとか、情報を流すことであちらの出方を把握するために、という訳ですな」

顎に伸びた白髭(しらひげ)を撫(な)でながらリリスの評価を待つセバス。

　そんな彼に対して少しばかり悔しそうにリリスは口を尖らせた。

「九十五点と言ったところかしら——ま、まあ、爺もようやくその年齢になって、わたくしの考えに近づけるようになりましたのね」

　とても早口で話していたリリスは、少しばかり冷静になったのか、咳払いを一つしてから誤魔化すように言葉を発した。その間、彼女の表情は微妙に変化して、一瞬の間に彼女の内面の葛藤や状況への対処が窺える。

「どうせ〝聖女〟がこちらを探っているのは気づいていたのですから、情報を流すことで牽制にもなりますし、恩を売ることもできるのですわ」

　セバスも知らないことではあるが、リリスには白狼との約束があった。

　それは、特定の人物、ユリアについての調査を行うことだ。

　彼女は世界にただ一人の存在であり、ギフト【光】の所有者である。

　この情報が、白狼が下界に現れた理由の一端を成しているのだが、現在、依頼人である白狼はアルスとの戦いで負った傷の治療のため療養していた。

「それに、〝聖女〟は〝魔法の神髄〟に近いようですから、もしかしたら情報を渡せば彼が動くかも知れませんもの」

　本人たちは隠しているつもりのようだが、白狼のおかげでユリアが聖法教会の〝聖女〟だという裏付けはとってある。向こう側は女王ヘルの正体が魔王リリスということには気づいていない。こちら側が優位にあるのは確かで、あとは〝魔法の神髄〟であるアルスを上手く誘導できればいいのだが。

「そういえば〝魔法の神髄〟の正体であるアルス様でしたか、どのような御仁だったのですかな？」

思考の海に漂っていたリリスだったが、セバスの言葉で一気に浮上して微笑んだ。

「一言で表すなら意外でしょうか」

「……変わった人物だったので？」

「ほら、〝魔法の神髄〟の印象って世間で言われているのだと、陰湿な方だという意見が多数ではないですか、なので、わたくしもそちらの姿を想像していたのですが、それと比べたら快活という言葉が似合う少年で意外でしたわ」

「なるほど、実力のほどは如何だったのです？」

と、セバスは言いながら冷えた紅茶を入れ替えて、新たなお菓子を用意する。

その手際は見事の一言だった。

そんな熟練の手際を見ていたリリスは満足そうに感謝の言葉を述べてから、セバスの手作りのクッキーを一つとって小さく齧る。

「吐きそうになりましたわ」

苦い表情を浮かべながら、遠くを見るような目をしたリリスはアルスと邂逅した時のことを思い出す。本当は遠くから眺めておくだけで、接触するつもりはなかった。

だが、好奇心を殺すことはできず、彼らが〝球爆〟に触れたのを見て、小川に先回りすることにした。ついでにアルスたちが来るまで時間があったので、魔物に邪魔されないように小川周辺の掃除を急いだら、返り血を浴びたので川で洗い流していたら全裸でアルスと出会ってしまったというのがオチだった。

「その時にどれほどの魔力を持っているのか図ろうとしたのですが……あまりにも濃密な魔力を前にして吐きそうになりましたわ」

「それほどですか？」

「あれは純粋な魔力――瘴気に近いものですね」

〝失われた大地〟に点在する瘴気は神々と魔帝が争った末に生み出されたものだ。

魔物の進化や、周辺の環境を変貌させたり、様々な影響がある。

人間なども長時間、瘴気を浴びたりすると体調が悪化したり、注意を怠れば死を迎えることにもなるだろう。

瘴気は深域に近づけば近づくほど増えてくる。

深域は知性のない一本角の魔族も多く生息している危険地帯だ。

「にわかには信じがたいですな。人間なのでしょう？」

「ええ、興味深いでしょう。だからこそ彼が〝魔法の神髄〟だということも気づいたのですが……まあ、わたくしが魔族でなければ気づかなかったかもしれませんがね」

瘴気から生まれた魔族は相手の魔力を測ることに長(た)けている。

数字が目に見えるというわけではない。

ただ魔族としての本能なのか自然と相手の魔力を推し測れてしまうのだ。

それが〝失われた大地〟で生き残る秘訣(ひけつ)でもある。

魔力が測れるからこそ危険な相手には近づかない判断材料にもなっていた。

「それはそれは、だから女王陛下はご帰還した時にご機嫌がよろしかったのですな」

「ふふ、そう見えたのならそうなのでしょうね。でも、仕方がないでしょう」

リリスはコロコロと喉を鳴らして笑う。

「ずっと待ち望んでいたのです……百年、二百年、気が遠くなるほどの年月を待ち続けていたのですから喜ぶのも当たり前のことでしょう」

「確かに……女王陛下の悲願を叶(かな)えるためにも〝魔法の神髄(ミーミル)〟の力は必要でしょうな」

「ええ、ですから、〝廃棄番号(アンチテーゼ)〟の情報をエルフたちに流すのです。〝魔法の神髄(ミーミル)〟にはもう一波乱を起こしてもらいたいところですからね。だから、〝聖女〟の耳に入って彼に伝わり興味を持ってくれることを祈るばかりですわ」

もしアルスの誘導に失敗しても損はない。

魔王グリムが死ぬ前に彼の耳に情報が入れば上々だ。遅きに失してグリムが死んだとしても魔王の座が一つ空くことになる。どちらに転んでも楽しめる。

女王からすれば高みの見物だった。

「ああ、そういえば、魔王グリムの部下は上手く逃げることができていましたね。そこから情報が伝わる可能性もありましたか……」

「始末しておきましょうか？」

「いいえ、やめておきましょう」

セバスの物騒な提案をリリスは首を横に振って拒否する。

グリムの部下から情報が伝わったとしても、計画に支障がでることはないだろう。

「それに聖女は秘密も多いようですから、情報源は多ければ多いほど喜ばれると思いますわ。そうであれば〝魔法の神髄(ミーミル)〟に疑われることなく伝えられるでしょう」

我ながら名案だとばかりに、リリスは楽しげに手を叩く。

そんな様子をセバスは好々爺(こうこうや)とした笑みを浮かべながら眺めるのだった。

「お嬢――いや、女王陛下が楽しそうでなによりです」

＊

茜色(あかねいろ)に染まる空が広がっている。

夕日が西の地平線の向こうに沈み、空は深い赤みに染まろうとしていた。

その風景は静謐で、時間がゆっくりと流れるような感覚が漂っている。

日が暮れる時刻、夕闇が訪れる前の穏やかなひとときが訪れていた。

「ただいま」

アルスは宿屋の借りている部屋に戻ってきていた。

勢いよく扉を開けば、アルスを出迎えてくれたのはユリアたちだ。

「アルス、おかえりなさい」

軽やかな足音が響き渡り、ユリアがアルスの下へ駆け寄ってきた。

彼女の背中越しには、部屋の中央に長テーブルと椅子が配置され、十人ほどが食事を取ることができる空間が広がっていた。

壁際にはソファと低いテーブルが置かれており、そこにはくつろぐカレンの姿があった。

彼女は帰ってきたアルスに気づいて手を振り、微笑んで迎えてくれる。

「アルス、おっかえり～。遅かったけど……いや、アルスにしたら早かったのかしら？」

「狩りで時間を忘れることもなかったようですし、早かったほうではないですか？　まだ夜にもなってませんからね」

カレンに続いて言葉を発したのは、窓から外に目を向けていたエルザだ。

ここまではいつもの面子だったが、今日は彼女たち以外にも珍しい者たちが椅子に座っていた。

「えっ、嘘でしょ。なにその子供が遊ぶのに夢中で帰ってこないみたいな話……アルスってばそんな無邪気に狩りしてんの？」

頭一つほど高い声で反応を示したのは双子ドワーフの片割れシギだ。

その隣には一心同体、二人で一人、姉妹愛が強いドワーフ姉のレギが座っていた。

「そんなことよりも、お姉ちゃんは後ろの人を気にしてあげたほうがいいと思うんだ」

少しばかり遠慮がちにレギが指先を向けたのは、アルスの背後から現れたシオンだ。

髪は乱れて、服は泥だらけ、顔色も疲労が濃くでている。まさに過酷な戦闘の跡が色濃く残っていた。

「し、シオン!? ど、どうしたの!?」

カレンが慌てた様子でソファを離れてシオンに駆け寄った。

「……あっ、カレンか？」

「そ、そうよ……一体なにがあったのよ」

「ふっ……良かった。意識が途絶えていたが無事に帰ってこられたようだ」

健気なもので、シオンは心配させまいと微笑みを浮かべ、疲れを感じさせないように努めようとした。けれども、唐突に身体から力が抜けて床に倒れそうになる。

慌てて彼女を抱き寄せたのはカレンだった。

「ち、ちょっと、しっかりしなさい！　え、エルザ！　シオンが！」

頼れる姉貴分を慌てて呼ぶカレンだったが、異常を察していたのかエルザは近くまで来ており、すぐさま片膝をつくとシオンの診察を始めた。

「落ち着いてください。素人判断ですが大丈夫ですよ。意識こそ失ってますけど、カレン様が受け止めたおかげで頭は打っていませんし、呼吸も乱れてなくしっかりしています。おそらく無事に帰ってこられたことで緊張の糸が切れてしまったのでしょう」

見た目は酷いものだが、怪我もないようなので寝かせておけばすぐに回復するだろう。

「一応あとで治療ができるシューラーを呼んでおきます。今はベッドに運んで寝かせてあげましょう」

「そう、いつものアルス疲れね。なら、シオンは彼女の部屋で寝かせてくるわね」

アルスたちは一部屋を借りているのだが、それぞれ寝る場所として個室が存在している。各々の生活空間が整然と確保されている一方で、この広々とした中央の部屋では食事や談笑をし仲間たちとの交流を楽しむことができるため、居心地の良い雰囲気の部屋となっていた。

「アルス疲れって……噂には聞いてたけど、想像以上にヤバいみたいね」

「シギちゃん、お姉ちゃんアルスくんとは絶対に狩りはいかない」

レギとシギがシオンの疲弊っぷりを見て顔を引き攣らせていた。

「レギとシギもいたのか、自分たちの部屋からでてくるのは珍しいな」

ドワーフ姉妹は外にでるよりも内に籠もることのほうが多い。

活発に見えるシギでさえ、あまり外にでることを好まないのだ。

これは性格的な問題ではなく、種族的な特性があるのだと以前シギが言っていた。

ましてや、近頃は珍しい素材などを求めて街に買い物にでかけていたので、めぼしいものはあらかた手に入れた今日あたりからは、早速それらを使用するために部屋に籠もっているのだろうとアルスは思っていたのだ。

「部屋で魔石灯もつけずに付与の実験などを試していたので、カレン様に食事をしようと無理矢理連れ出されたのです」

と、説明してくれたのはエルザだ。

「いや〜、今朝、珍しい素材を手に入れたもんだから、今日は食べないつもりだったのに、カレンも余計なことをしてくれたもんだわ」

付与や鍛冶のことになると、他のことを疎かにしてしまうのが、ドワーフという種族らしい。また強制的に止められたことで憤りを感じているところを見るに、やっぱりレギとシギはドワーフなんだと改めて思わされる。

それに集中力の持続に長けている種族でもあるので、食事も摂らない生活が一日、二日では終わらず、断食の如く倒れるまで続くのだから周囲の人間――カレンのように面倒見の良い者は不安で仕方ないのだろう。こうして強制的に外へ連れ出されて食事をさせられてしまうのだ。

それを作業初日でやられたのだから、シギの怒りは正当なものなのかもしれない。

少なくともドワーフにとっては——なぜなら、珍しく彼女の姉であるレギが同意するように深く頷いていたからだ。

「うんうん、新しい可能性が開けたかもしれなかった。お姉ちゃんの鍛冶が更に飛躍したかもしれない」

一体なにをしていたのか興味を持ったアルスは、どんな実験をしていたのか聞きたいところだったが、

「それで、さっきから気になってたんだけど、ユリアはなにしてんの？」

先に口を開いたのはシギで、レギもまた興味深そうにユリアを見ている。

「なにかあるのかな？　お姉ちゃんも手伝おうか？」

「アルスに怪我がないか調べているんです。レギさん、私一人で大丈夫です」

シギとレギの問いかけにユリアが淡々と答える。

実は部屋に入った状態からアルスは一歩も動けていなかった。

アルスの身体に怪我がないかユリアが黙々と点検していたからである。

真剣な表情で擦り傷さえ見逃さないとばかりに、アルスの身体を舐め回すように見なが

ら時折触っては難しそうに唸ったりして、それはもう入念にユリアは確かめていた。

ユリアの過保護は今に始まったことじゃない。

だから、レギとシギには珍しい光景だとしても、また始まったとアルスは慣れたものだし、エルザも当然とばかりに頷いている。ここにカレンやシオンがいたとしても彼女たちが気にすることはなかっただろう。

指摘されると異常だと思えるが、されなければいつもの日常なのであった。

そして、どうやって彼女を止めようか、アルスが苦笑しながら悩んでいれば、部屋の扉が叩かれる。

『お食事をお持ちいたしました』

「食事を頼んでいたのを忘れていました。ユリア様、診察は座りながらでもできますので、まずは席についてください。レギさんとシギさんもどうぞ」

反応を示したのはエルザだった。

彼女はすぐさま指示をだすと扉に近づいて開け放った。

宿屋の店員が鉄製で三段になった箱――荷台車を押しながら入ってくる。

荷台車には所狭しと料理が載せられていた。

「オレの分も頼んでたのか？」

ユリアに誘導されて椅子に座らされたアルスが問いかける。

「いいえ、頼んでないわよ。それに、アルスたちが帰ってくるのを知ってたら、これだけの量じゃ済まないでしょ」

と、否定してきたのはシオンを部屋に運び終えて戻ってきたカレンだった。

「確かにシオンがいるんだから、これだけじゃ足りないか……」

「今はシオンは休んでるから一人増えたところで料理が足りなくなることはないわよ」

アルスはシオンのように健啖家というわけではない。

先ほど宿屋の店員が持ってきた荷台車の量は、アルスを合わせても十分な量があるように思えた。

「では、小皿を手に取り各々はお好きな料理をご堪能ください」

いつの間にかエルザが荷台車から料理をテーブルに移動させていた。

決まった料理がでてくるコースではなくバイキング形式だったようだ。

「シオンが食事よりも休息をとるなんて結構珍しいわよね。アルスってば、どんな狩りをしたのよ」

アルスの前に座っていたカレンが、自分の食べたい料理を小皿に取りながら問いかけてくる。

「別に普通だったけどな。ただ〝球爆〟って魔物を触って大変なことになったぐらいだ」

「あぁ……血が魔物を誘き寄せるってやつね。あたしまだ出会ったことないのよね。厄介な魔物らしいけど苦労したの？」

「いや……それほど苦労した覚えはないな。返り血を浴びてすぐに小川へ血を流しに行ったんだけど、それまではシオンも普通だったはずなんだ」

「ああ……そっか、アルスはそんな感じだったわね。すっかり忘れてたみたい……あなたに聞いても見当違いな答えが返ってくることをね」

〝魔物行進（モンスターパレード）〟が始まってから、カレンたちはゆったりとした時間を過ごしていた。

殺伐とした〝失われた大地〟にいながら、貴重で平和な時間を〝魔都ヘルヘイム〟では過ごすことができた。だからこそカレンは満喫しすぎてしまって忘れていたようだ。

アルスと狩りに行く、それがどういった結果を生み出すのかということを。

彼の狩りに対する常識というものを改めて思い出させてもらったカレンは、にっこりとアルスに微笑（ほほえ）んだ。

「理由がわかったからもういいわ」

いつものように無茶なことをしたに違いない、とカレンは確信したようだ。

アルスの楽しいとか、普通だったという感想は他者にとっては苦行であるというのは珍しくもない。だから、彼とはその点では気持ちを共有できることはないのだ。

「うんうん、今の話はなかったことにして、冷めないうちに食事にしましょうか」

この件について深追いしては駄目だとカレンは本能で悟ったようだ。

これ以上の追求は巻き込まれる。下手につついたら明日は我が身だということを、これまでの経験からカレンは思い出したようであった。

強制的に話を打ち切られたアルスは怪訝に思いつつも、横合いから伸びてきた手によって疑問は脳の片隅へ追いやられることになった。

「アルスさん、失礼します」

左隣に座ったエルザが、アルスの前に料理を取り分けた小皿を並べていく。

正確に言えば若干であるが、お皿はアルスの右隣に座っているユリアのほうに寄っている。更に食事に手をつけようとしても、アルスの手の届く範囲にフォークやナイフなどの食器が探しても見つからなかった。

「どうぞ、ユリア様、アルスさんの食器です」

その間にも前に座っているカレンや、レギとシギは各々好きな料理を口に運んでいる。

「ありがとうございます」

エルザがアルスの右隣に座っているユリアにフォークやナイフを手渡している。

アルスは状況の把握ができず、二人の間に視線を行き来させるだけだ。

「あ～……すまん。何をしているのか聞いてもいいか？」

あまり動揺することのないアルスだが、さすがに奇妙な出来事には首を傾げざるを得なかったようだ。カレンやレギとシギも不思議そうに、アルスたちのほうを見ていることから彼女たちも何が起きているのか理解できていないようだった。

そんなアルスたちの疑問符に対して、ユリアは可愛らしく首を傾げる。

「えと、もちろん、食事ですよ。エルザがアルスの好きな物ばかりを選んだはずですけど……何か嫌いな物でもありましたか？」

「ユリア様、アルスさんは好きな物はあっても嫌いな物はありませんよ。出会ってから今日まで様々な料理を食べてもらい調べてきたのですから。なにより、このわたしが言うのだから間違いなどありません」

アルスの反応を窺うように問いかけるユリアに対して、エルザは心外だと言わんばかりに否定する。本人じゃないのに断言ができる辺り、エルザが如何に毎日アルスの面倒を見ているのか理解できる瞬間でもあった。

「いや、別に嫌いな物があるわけじゃないんだが……ただ、なんでオレのフォークやナイフをユリアが持っているのか気になったんだ」

「私が食べさせるからですけど？」

当然のように言い放ったユリアの言葉に頷いているのはエルザだけだった。

「いや、必要ないが？」

最近は食器の取り扱いにも慣れてきており、ユリアに教わっていた数ヶ月前と比べたら、かなり上達しているはずだ。だから、ユリアに改めて食べさせてもらう必要もなく、顔見知りばかりなのでマナー的に失敗しても問題にはならないだろう。

「それとも、ユリアが持っているのはナイフとフォークのように見えるだけで、本当は違ったりするのか？」

ここは〝魔都ヘルヘイム〟だから一風変わった食器が存在するのかと思ったが、ユリアが即座に首を横に振って否定した。

「いいえ、普通のナイフとフォークですよ」

「なら、大丈夫だぞ。オレも成長してるからな。使い方はもう覚えてる」

安心させるように手を差し出したが、ユリアがナイフとフォークを手放すことはない。

「駄目です。アルスは怪我をしているのですから、今日は私が食べさせてあげますね」

「いや、怪我はしてない」

「先ほど確認した時に、右手の人差し指に傷がついていましたよ」

ユリアに指摘されて、アルスは自身の手を眺めてみる。

そして、身に覚えのある傷を見つけてアルスは苦笑した。

ユリアの指摘通り薄皮一枚——血がでるほどのものではなく、痛みも皆無の些細で小さな傷が指先にあった。

しかし、これを怪我と言うのは無理がある。

そんな主張をすれば聖人であろうとも鼻で笑ってしまうほどだ。

しかも、魔物と戦ってできた傷ではなく、自身の得物――魔力を纏わせた短剣の刃を触って傷ついたものだった。

「それにしても、よくこんな傷を見つけられたな」

「当然です。アルスのことは毎日よく見ていますから、体調を含めて些細な変化も見逃しませんよ。それに私だけじゃなくて、エルザも気づいていましたからね」

胸を張って得意顔をするユリアに、さすがだと言わんばかりに頷くエルザ。

そんな二人に対して対面に座るカレンたちは顔を引き攣らせていた。

「ねえ、カレン……あんたの姉っておかしくない？　てか、エルザさんもあんなんだった？　もっと大人っていうか……気品があって模範のような人だったような気がしたんだけどな」

シギが素直な気持ちを口にすれば、カレンは否定はできないのか苦笑する。

「ん～……確かにお姉様は少し過保護すぎるかもしれないわね。あとシギの言ったエルザはたぶん違うエルザよ。だって、あたしが知ってるエルザはいつもあんな感じだもの」

「えぇ……あれ見てその程度の認識なんだ。しかも、エルザさんもアレで正常なのね」

「アレってのがよくわかんないけど、お姉様たちならいつもあんな感じよ？」

「ああ……そうなんだ……なら、放っておいたほうがよさそうね」

シギは改めてアルスたちに視線を送るが、まだ手の怪我のことで問答をしていた。

「これは別に怪我っていうほどのものじゃないだろう」

「駄目です。何が起きるかわかりませんから、大事をとって今日は無理はしないでおきましょう」

やがて、ユリアの意思が固いことを感じ取ったのか、アルスは嘆息を一つしてから肩を竦めた。

「わかったよ。なら、今日はユリアに食べさせてもらおうか」

別に恥ずかしいわけではない。

たまにユリアに食べさせて欲しいと要求されることもあるので慣れている。

しかし、エルザから教わった常識では、食べさせ合うのは時間がかかるので誰の迷惑にもならない時を選べと教えられていた。

だから、一応は許可を得る必要はあるのかもしれないので、アルスはエルザに視線を向ける。

「最初はやはり深域の魔物の肉が使われている——アイスバイン、もしくは、シュニッツェルでしょうか……それともジャーマンポテトのほうが食べやすいでしょうか」

おそらくユリアとエルザで交互に食べさせるのだろう。

既にエルザはアルスに何を食べさせるのか料理を選んでいるところだった。

ちなみにアルスが何を食べたいのか考えるのが女性陣は楽しいらしいので、こういう時は邪魔をせず見守るものだとこれまでの経験から理解していた。

余計なことを言っては機嫌を損ねるだけなので、アルスは黙って食べさせてもらうだけでいいのだ。

しかし、彼女たちが何を食べさせるのか決めるまで暇なので、アルスはシオンに頼まれていたことを思い出したので伝えておくことにした。

「カレン、ちょっといいか、シオンから伝言を預かってたんだ」

シオンは帰還した時、自分の意識が朦朧(もうろう)していることを悟っていたのだろう。

だから、事前に――まだ元気だった時に、アルスに伝言を託していたのである。

「えーと、なにかしら……？」

パンを千切りながらカレンが不安そうな目を向けてくる。

「さっきの話の続きなんだけど、小川に向かったたってやつ覚えてるか？」

「〝球爆(ミーボ)〟に触れて返り血を浴びたってやつでしょ。それがどうかしたの？」

「それで近くの小川に行ったんだけど、そこに魔導十二師王の第二冠リリスがいたんだ」

一瞬で空気が凍る。

頭痛が引き起こされそうなほどの静寂、不安を抱くほど張り詰めた空気。

ただ一人の魔王の名をだしただけで穏やかな食事は、一気に不穏な空気に支配されてしまった。右隣のユリアも食器をテーブルに置いて真剣な表情を浮かべており、左隣にいたエルザもまた珍しく表情を気難しく歪めている。

シギは聞きたくないと言わんばかりに頭を抱えており、その姉のレギは呆けた顔をして口を開いたまま硬直していた。

「…………魔王リリスと会ったの？」

最初に気を取り直したカレンは千切ったパンを口に運ぶことなく、自身の取り皿に置いてアルスに真面目な表情を向けていた。

「ああ、〝球爆〟に触れたらしくてな。小川で返り血を流していたところでオレたちと出会ったみたいだ」

「まさか一人で第二冠がいたの？　護衛は？」

「一人だったな。オレの耳が良いのは知ってるだろ？　周囲を探ってもみたけど護衛はいなかった」

「……なんで、そんなところに魔王リリスが一人でいたのかわかんないけど、別に揉めたりはしてないんでしょ？」

「表情とか見る限りだと怒っているとかそういうのは感じなかったな。まあ、友好的だったと言ってもいいんじゃないか」

「もしかしたら魔王リリスさんと魔都でいきなり出会うかもしれませんからね。シオンさんは驚かないように伝言をアルスさんに頼んだのではないでしょうか」

と、エルザがアルスの言葉を補足する。

「そうね。街で出会ったからって何かされるってわけじゃないと思うけど、事前に魔都に滞在しているのを知っていたら致命的な失敗は避けられそうね」

「噂を信じるなら大丈夫じゃない？　魔王にしては寛容な心の持ち主と聞いてるもん。あとは最も古き魔王で年齢不詳の美女っていうのが、よく聞く噂だったかなぁ」

と、シギがカレンの言葉に反応すれば、これまで黙っていたユリアが顎に人差し指を添えて口を開いた。

「彼女は先日開催された魔王の集いに参加していたはず……強制依頼も達成したはずなので、この短期間で魔都に現れるのは不自然じゃないですか？」

「魔王なんて不自然の集まりだから、なんとも言えないんじゃないかなぁ……魔王の集いと言えば魔王グリムは参加してなかったみたいだけど、キリシャちゃんが代行してたみたいだし、今じゃ魔都にいるでしょ。魔王は神出鬼没、これは常識よ」

シギの言う通り、魔王というのは自分勝手な連中ばかりだ。

それが突然現れたからと言って不自然には思えないところだが、シギの説明を聞いてもユリアは納得できなかったのか渋い表情をしていた。

「あ〜、そうそう、魔王グリムと言えば、彼のギルドメンバーが伝令にきたんだけど、女王ヘルの時間が確保できたようで、祝賀会は四日後に開催されることが決まったみたいよ」

「グリムは来なかったのか？」

「なんでも〝廃棄番号(アンチテーゼ)〟が高域に現れたらしくてね。幹部連中だけを連れて討伐に向かったみたいよ」

「へぇ……オレが狩りに行ってる間に楽しそうなことになってたんだな」

「こらこら、アルスも探すって言わないでよ」

「駄目なのか？」

「当たり前でしょうが、アルスが〝廃棄番号(アンチテーゼ)〟なんて探しにでたら二度と帰ってこないって断言できるわ」

「……いや、さすがにそこまで血眼になって探すつもりはないけどな」

アルスが狩りに行くと言葉にしたときの、カレンを筆頭に女性陣の拒否感には苦笑せざるを得なかった。言葉にこそしなかったがアルスの左右からの圧迫感が特に凄(すさ)まじい。

もし〝廃棄番号(アンチテーゼ)〟を討伐してくる——なんて言えば、力尽くで阻止してやるという強固な意志を感じ取れた。

「やめておきなさいよ。魔王グリムって自分の獲物——特に〝魔族〟の中でも〝廃棄番号(アンチテーゼ)〟だけは誰にも譲らないって話で有名なのよ」

他国に出没した〝廃棄番号(アンチテーゼ)〟であろうとも、グリムは直接足を運んで討伐するほど彼らに恨みを抱いている。

魔法都市では有名な話の一つだ。

かつて魔法都市に強大な力を誇っていたギルドが一つあった。

しかし、隆盛を誇った彼らは〝廃棄番号〟の手によってあっさりと壊滅させられる。

その被害者がグリムとキリシャで、唯一の生き残りであった。

幼かったキリシャは惨劇を覚えていないそうだが、物心がついていたグリムは親兄弟が殺されていくの目撃していたと言われている。

魔法都市でも一、二を争うギルドが壊滅した——その衝撃は世界中を震撼させ、多くの人々が〝廃棄番号〟の危険性を再認識した事件だった。

「なら、オレの出番はなさそうだな」

グリムから横取りしてまで〝廃棄番号〟と戦いたいというわけではない。

アルスとしては、あとで戦った感想——未知の魔法を使ったかどうか聞ければいい。

「グリムに任せておけばいいでしょ。一時は〝廃棄番号〟を刈り尽くすなんて言って世界中を飛び回ってた頃まであったんだし」

確かに三年前に魔王の座についてからのグリムの行動は容易に想像できるものだった。

まずグリムは魔王としての絶大な権力を背景に、世界中に散らばる〝廃棄番号〟の撲滅に乗り出した。しかしながら、グリムの来訪に対する恐れから、多くの国々は彼の到来を歓迎することはなかったのである。

それでも、二十四理事の支援と、彼の側近であったクリストフの巧みな取り計らいにより、グリムは強制的に他国に足を踏み入れることが可能になった。

やがて、多くの〝廃棄番号〟が彼の手によって討伐されたが、その戦闘の余波によって周辺の街や村に甚大な被害をもたらした。

しかし、意外にも、この事態を引き起こしたグリムの権勢は高まってしまう。

これまで放置されていた〝廃棄番号〟が討滅されたことで、グリムの魔王としての実力もまた疑いようのないものになったからである。

そんな成功体験と〝廃棄番号〟への執着が、グリムの側近であったクリストフの取り巻く暗い影を一層増大させ、〝三大禁忌〟の実験という悲劇を引き起こし、グリム自身の首を絞める結果となったのだから皮肉なものだった。

「カレンの言うとおりです。アルス、今回はグリムに任せておきましょう」

カレンもそうだがユリアもまたグリムに敬称をつけていない。

カレンは性格的に違和感はないが、ユリアの場合は誰が相手でも敬語を欠かすことがないので不自然が際立った。

それもそのはず、ユリアはグリムに対して凄まじい恨みを抱いているからだ。

魔王グリムとシオンを巡って争った事件は記憶に新しい。

シオンを救い出すためにカレンは単独で行動していたのだが、その時にグリムとの戦いで殴られてしまった。痕が残ることはなかったが痛々しいほど頬が腫れていたのをアルスも覚えている。

　つまり、カレンが傷つけられた時のことをユリアは未(いま)だに許していないのだ。

「それにしても、魔都側はグリムに〝廃棄番号(アンチテーゼ)〟を倒されると困ったことにならないんでしょうか？」

　先日の〝魔物行進(モンスターパレード)〟の発生。その出来事は魔王グリム――魔法協会が食い止めたとされている。それに対し、魔都は魔導師の一人も派遣せず、巨大な壁の内側に閉じこもり、安全な場所から出来事を眺めるだけであった。

　そんな及び腰だった姿勢に対して批判の声も少なからずあり、そういった世間の声を鎮めるために、魔都は祝賀会を開催する旨を発表していたのだ。

「今回は自主的に向かったみたいだし、魔都側も〝廃棄番号(アンチテーゼ)〟を探しているような素振りも見せているから……もしグリムが〝廃棄番号(アンチテーゼ)〟を倒しても魔都側としたら感謝の言葉だけで終わりじゃない？」

　カレンがユリアの疑問に答えた。

　すると、食事を終えて幸せそうにお茶を飲んでいたシギが言葉を付け足す。

「だと思うよ。そもそも、魔都側が祝賀会を開くっていうのもおかしな話だけどね。これまでそんなこと一度もなかったんだから、急に慇懃な態度をとってくるなんて怪しすぎて怖いよね」

世界中の国々から批判を浴びても、魔都が〝失われた大地〟に位置している限り、その地位は揺るぎない。むしろ、怒りを買うことを恐れて、大国のトップほど沈黙を保つことを選んだだろう。

なのに、今回ばかりは変だとシギは言う。

「魔都ができてから二百年以上、似たような事件は何度もあったはず。でも、今回だけは批判を逸らすために、ウチらのために祝賀会を開くってのはおかしい話じゃない？　いつも通りうちには関係ないと無視すればいいだけの話なのに、僅かな批判の声を拾い上げるなんて、どんな風の吹き回しなんだか……」

「シギさんは女王ヘルが何かを企んでいるとお思いですか？」

ユリアの質問にシギは大きく頷いた。

「そりゃ何かあるから、これまでの方針を覆してまで祝賀会なんて開いてくれるんだろうしね……あぁ……ホント四日後が憂鬱になってくるよねぇ。今更なんだけどさ、ウチだけでも欠席とかできないかなぁ？」

億劫そうなシギに、カレンは苦笑を向ける。

「無理に決まってんでしょ。あっちは三ギルドを指名してきてるんだから、そのレーラーの一人が欠席なんてできるわけないでしょうよ」

「あぁ〜……お姉ちゃんだけでいいと思うんだけどなぁ……」

シギは黙々と食べ続けているレギに視線を送る。

姉であるレギは食べるのが遅いほうだ。

だから、シギが食べ終わった今も会話に加わることもなく、もきゅもきゅと口を動かしながら黙々と食事を続けていた。

そんな可愛らしい姿を見せられたら中断させて話をさせるわけにもいかず、シギは諦めるように嘆息するとお茶を一気飲みした。

「……まあ、ウチらが目的じゃないだろうからいいけどね」

と、意味ありげな発言をしてから、シギは対面に座っている人物——ユリアとアルスに目を向けた。

「絶対この二人のどっちかでしょ。だって、ウチらだけだと問題なんてなかったもん。この二人と出会ってからよ。色々起きてんの、だから、原因はこの二人で決まり！」

「それは…………ないとは言えないわね」

シギの指摘にカレンは否定しようとしたが、あながち間違っていないようにも思えた。

魔法都市に二人が来てからカレンは濃厚すぎる時間を過ごさせてもらっているのは確かだったからだ。

「だって、ユリアなんて稀代ギフト【光】の所有者でしょ。しかも、〝白〟なんだもん。だから、エルフから狙われてるって噂とか聞いたことあるしね。まあ、でも、それは仕方ない部分もあるから……本人にはどうすることもできないことだしね。うん、だからユリアは気にする必要はないわ。でもね――」

言葉を切ったシギはアルスに指をつきつけた。

「問題はあんたよ！　非常識なことに〝魔法の神髄〟なんて名乗ってるじゃない。そんなの私は指名手配犯ですって叫んでるのと一緒でしょーが。巻き込まれるほうの身にもなってみなさいよ！」

シギの怒りの咆吼。ぐぅの音もでない正論に、誰もが押し黙ってしまう。

そんな中でも空気を読まないのは、もきゅもきゅと食事を続けているレギだけだ。

彼女は怒れる妹の姿を見て、今日も元気だ。と、言いたそうな眼で百面相を披露するシギを微笑ましそうに眺めながら口を動かしていた。

「偽物か本物かどちらにせよ、正体不明だった魔導師が急に現れたら気になるってもんでしょ。それに魔都も〝魔法の神髄〟の被害にあってたはずだもん！」

「シギさん、大丈夫ですよ」

と、言ったのはエルザだった。

「本当にアルスさんを〝魔法の神髄〟だと思っているのなら、魔都は全力で捕らえようとするはずですし、悠長に祝賀会を開催しようなんて呑気なことを言わないでしょう。それに今回の滞在が〝魔法の神髄〟絡みだったとしても、今の状況から考えたらアルスさんを疑っているという段階だと思いますよ」

アルスに食べさせる料理をナイフで切り分けながら説明するエルザを見て、気が削がれたのかシギは諦めるように嘆息を一つした。

「確かにエルザさんの言う通りなんだけど……はぁ……アルス、あんた言動には気をつけなさいよ。ここは〝魔都ヘルヘイム〟で周りは全て敵だと思ったほうがいいわ」

〝魔法の神髄〟に〝魔都ヘルヘイム〟の秘術が盗まれたことは、まさに周知の事実となっており、女王が凄まじい怒りを見せたことは広く知れ渡っている。

この事件に関連して、女王の信者である――俗に〝六欲天〟と称される側近たちも、激しい怒りを露わにしているという。

彼らは自らの信仰対象である女王を汚されたことに激しく憤慨し、この汚辱を返すべく〝魔法の神髄〟の捜索に今も奔走しているという噂だ。

「〝六欲天〟みたいなヤバい連中が狙ってくるんだから気をつけなさいよ。あんたの場合は嬉々として迎え撃ちそうだけどね」

アルスの性格からすれば、逃げるという選択肢は考えにくい。

アルスは堂々とした姿勢で真正面から敵に立ち向かい、自らの力と技術を駆使して戦うことが予想される。そして、もし彼が勝利を収めることができれば、それは彼にとって最後の勝利にはなりえない。むしろ無限に続く戦いへと繋(つな)がる一歩目となるだろう。勝てば最後、アルスは魔族に追われる日々を延々と続けることになるのだ。

「そうだな。シギを巻き込んだら悪いし、気をつけることにするよ」

アルスの清々(すがすが)しい笑顔を見て、シギは冷ややかな視線を送った。

「そんな笑顔で言われても説得力皆無なんだけど……」

「悪い。もしかしたら、未知の魔法が見られるかもしれないと考えると楽しみでな」

シギの冷めた視線を受けても、アルスの表情は微塵(みじん)も変わらず、むしろさらに明るくなり、声を弾ませるほどであった。彼の心の内には、どんなに冷たい視線が向けられようとも、その笑顔の奥には揺るぎない自信と期待が宿っていた。

「いや、相手は六欲天(シュテルン)なんだけど……喜ぶなんて正気なの——って、あぁっ！　もうっ！　心配するのも馬鹿馬鹿しい！　アルスのことだから、もうそれでいいわ！」

テーブルに思いっきり両手をついてシギは立ち上がる。

「相手をするの疲れたからウチはお風呂にでも入ってくるッ！」

「それなら、あたしも入るわ」

投げやりに言ったシギに続いて、カレンもまたその後に続く。

「いいわよ、一緒に入ろ。やっぱりこんなに部屋がたくさんあるんだから当然お風呂も広いんでしょ？　ウチのとこ狭くはないんだけど、二人部屋だから驚くほどのものじゃなかったんだよね」

「お姉ちゃんも一緒に入るから待って～」

ようやく食べ終えたレギが二人の後を追いかける。

騒がしくお風呂に向かう一行だったが、なぜかシギが勢いよく振り向いてきた。

「アルスは前みたいに入ってきちゃ駄目だからね！　本当に次は怒るから！」

まだレギやシギと出会ったばかりの頃、彼女たちが〝ヴィルートギルド〟の本拠地〈灯火の姉妹(ヴィルート・シュヴェスター)〉に泊まりに来たことがあった。

その時にお風呂を利用したのだが、アルスが乱入したところ、悲鳴をあげられたのでお詫(わ)びと言うことでマッサージをしてあげたら、二度と一緒には入らないと拒否されてしまったのだ。

「あのときと違って、オレのマッサージの技術も成長してるぞ。今ならあのときのような不満に思わせるようなこともないはずだ」

「そういう問題じゃないのよ！　なんでお詫びなのに裸でマッサージ受けなきゃならないの！　そもそも、あんな卑猥(ひわい)なのはマッサージなんてもんじゃないわ！」

顔を真っ赤に全否定しながらシギはお風呂場に向かっていく。

その後を慌てて追いかけるのはカレンとレギの二人であった。

そんな三人を見送ったアルスは、マッサージの師匠であるエルザに視線を向ける。

「アルスさん。大丈夫ですよ。シギさんはまだ一回目なのでマッサージの良さに気づいていないだけです。お風呂からでてきたらマッサージしてあげてください」

「いや……すごい勢いで拒絶してたんだが……」

「いえ、あれは照れ隠しでしょう」

と、最後に言ってからエルザはフォークとナイフを見せてきた。

「それよりも食事にしましょう。これ以上冷めてしまうと美味しくなくなりますからね」

「では、私のから食べてください」

エルザの言葉を待ってましたと言わんばかりに、ユリアが肉を刺したフォークを差しだしてくる。

やはり一人で食べることはできないようなので、アルスは諦めてユリアたちに食べさせてもらうことにするのだった。

第四章　暗躍

夜の闇が深まる中、静かなる月が天空を照らしていた。

物語の舞台が幕を開けるように、月明かりが街に降り注ぎ、人々の心に微かであるが刹那の安らぎをもたらしていた。しかし、夜空に目を向ける者はごく僅か、ほとんどの者は今日という日をどのように終えるかを考えている。

ある者は家路を急ぎ、ある者は酒場を巡り、ある者は後ろ暗い仕事に手を染める。

夜は陰鬱な気持ちを懐くこともあるが、こうして夜の街に繰り出す人々の表情は総じて明るく、夢と現実の境界を漂うような幻想の狭間を楽しむ人々で溢れていた。

そんな賑わう歓楽区と比べればエルフだけが住まう特別区は静かなものだ。

人気もなく静かだからと言って暗鬱の気配もなければ、治安が悪いという悲観的な要素もまた一切感じられなかった。

平穏そのもの、女性が一人だけで夜道を歩いたとしても、犯罪に巻き込まれる可能性は低いだろう。そんなエルフたちが住む特別区に、ヴェルグが滞在する屋敷があった。

応接室でエルフの使用人を背後に控えさせながら、堂々とした態度でソファに座るのはヴェルグだ。いつものように涼しい表情で対面に座る人物を見ていた。

「それでは女王からの連絡とやらを聞かせていただきましょうか」

ヴェルグが就寝しようとした時に女王の使者の来訪があったのである。

緊急であればその旨を告げるだろうから、追い返しても良かったのだが、遅い時間に訪ねて来るのだから重要な用件なのは間違いない。

だから、使者を追い返すこともなく、ヴェルグは寝間着姿で迎えることになった。

そして、現在、ヴェルグの前で女王の使者は片膝をついている。

『女王陛下よりお達しでございます。〝廃棄番号(アンチテーゼ)〟が高域に出現し、かの魔王グリムがその鎮圧に向かったものの、惜しくも失敗に終わったとの報せ(しらせ)を拝聴いたしました』

「それは本当ですか………？」

ヴェルグは思わず疑ってしまったが、反射的に答えてしまっただけで、心からそう思っているわけではない。そもそも、女王の使者がこんな遅い時間帯に虚の報告をしに来ることはないはずだからだ。

だからこそ、今疑うべきは――なぜ、わざわざ〝廃棄番号(アンチテーゼ)〟について教えたのか、だ。

〝廃棄番号(アンチテーゼ)〟は魔都側の問題であって、ヴェルグには無関係の事柄、それを報告する意味はないに等しい。なのに、わざわざ足を運んでまで報告に来たということは何か裏があるというのは間違いなかった。

『信じられないのも無理はありません。ですが、同時に〝廃棄番号No.Ⅲ(アンチテーゼナンバースリー)〟も現れたとの情報が入りました』

「なるほど、〝廃棄番号No.Ⅲ〟ですか……それなら魔王グリムが苦戦するのも無理はないのかもしれませんね」

〝魔都ヘルヘイム〟から追放された〝魔族〟は〝廃棄番号〟と名付けられる。

その中でも〝Ⅴ〟より上位の数字を持つ者たちは厄介だとヴェルグは聞いていた。

「噂が本当なら魔王グリムには厳しいかもしれませんね」

〝廃棄番号No.Ⅴ〟も特殊な存在として知られているが、上位の数字を持つ個体たちはさらに異質で——噂の一つに彼らは〝天領廓大〟に至っているのではないかと囁かれていた。確認こそできていないが、ヴェルグは決してあり得ない噂ではないと思っている。

〝廃棄番号No.Ⅰ〟の存在が確認された時の事件は有名だ。

魔法都市でも一、二を争った強大なギルドが一夜にして壊滅させられたというものだ。

もちろん、数多くの魔王が報復として討伐に乗り出したそうだが、〝廃棄番号No.Ⅰ〟が生きていることから、その結末は明白であった。

〝廃棄番号No.Ⅲ〟はそれよりも遥かに力が劣るとはいえ、〝天領廓大〟に至っているのが本当であるなら、魔王グリムが勝てるはずもない。

「魔王グリムも決して弱い存在ではないんですけどね。彼がギフトの力を完全に引き出すことができていないというのが正しい表現かもしれませんが……潜在能力や才能で言えば彼にも好機は巡ってくるはず、まあ、生き延びることができたらですけどね」

一人で呟(つぶや)くヴェルグを怪訝(けげん)そうに見ていた使者だったが、独り言が終わるを待ってから立ち上がった。

『それでは失礼させていただきます。高域に出掛けられるのなら気をつけてください』

「ああ、最後に一つだけ質問してもいいですか？」

去ろうとする使者にヴェルグは声をかけた。

『答えられる範囲ならいくらでも質問していただいても大丈夫です』

「女王は今回の件をどうするのですか？　〝廃棄番号(アンチテーゼ)〟が〝失われた大地〟に現れたということは、追放した側である〝魔都ヘルヘイム〟には許容できるとは思えないのですが？」

『もちろん、我々が責任を持って〝廃棄番号(アンチテーゼ)〟を〝失われた大地〟から排除いたします』

「なるほど、それを聞けて安心しました」

ヴェルグは求めていた答えを聞けて満足そうに頷(うなず)いた。

そんな彼を見て女王の使者もこれ以上の質問はないと判断したのか頭を下げてくる。

『では、これで失礼します』

「ええ、ありがとうございました。お気をつけてお帰りください」

ヴェルグは使用人に目配せすると女王の使者を送らせる。

使者が廊下にでて扉が閉まると同時に、ヴェルグは悩ましげに嘆息した。

「厄介なことになりました。明らかに女王はこちら側に何かをさせようとしていますね」

使者は女王から与えられた役割を完璧に果たしたが、逆にそれがヴェルグの不信感を煽った。

〝失われた大地〟を追放された〝廃棄番号〟が戻ってきていることは重大な事件だ。

なのに慌てた様子もなく、最後にヴェルグがした質問に対する返答はさらに驚きをもたらした。

「〝魔都ヘルヘイム〟がまだ動いていないとは、一体どういうことなのか、何を企んでいるんでしょうね」

確かに下位の〝廃棄番号〟であれば放置しておいても問題にはならなかっただろう。

むしろ、魔王グリムが順調に討伐に成功していたはずだ。

だが、〝Ⅲ〟が現れたということは〝魔都ヘルヘイム〟に危険が迫っていることを意味している。

なのに、女王は悠長にしており、部下を討伐に向かわせた様子もなかった。

「……シェルフ殿、あなたは何か情報を掴んでいますか？」

部屋の片隅――影に潜んでいる〝第十使徒〟のシェルフに声をかけた。

闇よりも濃い黒が床を這いずり、やがて浮かび上がってくるのは人型の影だった。

「特に情報は小生には入ってきていません。〝廃棄番号〟についても噂程度には聞いていました。けれど、宮殿のほうに探りを入れましたが、情報が錯綜(さくそう)していて正確なことはわからずじまいで……だから、女王の使者が断言したのは驚きました」

「〝廃棄番号(アンチテーゼ)〟が現れたことで〝魔都ヘルヘイム〟の上層部も混乱しているというわけですか？」

　確認するようにヴェルグが尋ねれば、フードで素顔を隠したシェルフは顎に手を添えると難しそうに唸(うな)った。

「情報の欠如や噂の錯綜、そして〈美貌宮殿(シエンペルマ)〉の騒乱と対比して、〝廃棄番号(アンチテーゼ)〟の出現に伴う異様な静けさは印象的で……まるで事前に台本でも用意されていたのかと思うほど演技じみていました」

「やはり、女王が何かを企んでいるのは間違いなさそうですね。女王の使者として来たのは側近――六欲天(シュテルン)の一人である〝王衆天(シャトウ)〟でしょう。彼は主に偵察と斥候の役目を務めているようですから、何かしらの密命を帯びていてもおかしくはない」

　ヴェルグは女王が探りを入れてきたのだと判断していた。

　自身の判断が間違っているとは思わないが、彼にとっての真の疑念は、女王の興味が何(ど)処(こ)に向けられているのか、そして、彼女が何を考えて動いているのかがわからないことだ。闇雲に動いては怪しまれてしまうため、現段階では慎重に情報を収集するしかヴェルグたちにできることはない。

「我々に今できることは限られていますよ」

「確かに、シェルフ殿の言う通りなんですけどね……では、どうしましょうか。恐れて見ているだけでは後手に回るしかありませんし、ここは思い切って相手の懐に飛び込んでみますか？」

「時には大胆な行動も必要ですが……しかし、今回の件に関しては聖女様に判断を仰ぎましょう。確か〝黒き星(フラウン・アース)〟が〝廃棄番号(アンチテーゼ)〟の情報を欲しがっていたはず。それに最近は魔王グリムと行動を共にすることもあるとか、報せておいたほうが無難だと思います」

今回の話をユリアやアルスに秘密にすることは無意味だ。

情報はいずれ漏れるものであり、その結果、ユリアに不信感を抱かせることになるだろう。そうなれば、ヴェルグたちにとっても利益にはならない。

だから、シェルフの提案にヴェルグも賛成であった。

しかし、女王が何を企んでいるのかわからない状況で二人に伝えるのは危険だ。

その行為は、まるで闇の中を手探りで進むようなもので、何が待ち受けているかわからず、予期せぬ罠(わな)に陥る可能性もある。

どうするべきなのか、悩むヴェルグを見たシェルフの口元が笑みを形作った。

「すでに後手に回っているのですから、今は無理をしてまで優位に立つべき時ではありません。我々がするべきことは相手の動きに備えてこちらも罠を用意するだけです」

「それはそうですが、聖女様の正体が曝かれる可能性が高い」

「〝第九使徒〟殿の懸念は理解できますが、聖女様の正体が明かされたところで問題でも在りましょうか？」

「……ないと言えますか？　確かに聖女様は〝聖騎士派〟に対して派手に動いていますが、それでも世間にはまだ彼女の正体は浸透していない」

「その懸念は理解できますが、噂が本当なら聖女様の正体は既に露見しているでしょう」

シェルフに指摘されてヴェルグは気づいた。

「………ああ、〝白狼〟と〝女王〟は友好関係にあるというやつですね。〝白狼〟が〝女王〟に対して伝えている可能性は高そうですね」

「小生は間違いないと思っています。それに〝魔都ヘルヘイム〟側がその情報を世間に公表したところで信じる者は多くないでしょう」

言葉を切ったシェルフは一つ呼吸をしてから再び口を開いた。

「相手は人類の敵である魔族です。女王がいくら喧伝したところで誰も信じない。しかしながら、魔族と違って我々エルフは潔癖症として知られていますから、今世の聖女に人間を迎えた。なんて言われたところで誰も信じませんよ」

「なるほど……なにより聖女様は〝白〟のギフトを持っているから、我々が接触しても誤魔化しが効くというわけですか」

　最後にヴェルグが付け加えれば、満足そうにシェルフが頷いた。

「その通りです。別に隠す必要もなく堂々と会えばいいのです。聖女様との関係を知られたとしても認めなければいいだけのことです」

　楽しげに喉を鳴らしているシェルフから視線を外して、ヴェルグは窓の外に目を向けた。

「しかし、今日はもう遅い。さすがにこの時間に報せるのは常識を疑われましょう。特に緊急性のある話でもないので、明日の朝に報せれば十分でしょう」

　魔王グリムが〝廃棄番号（アンチテーゼ）〟の討伐に失敗したという報告は、自分たちの立場からしたら緊急性はない。仮に報告が遅れたことで魔王グリムが死亡したとしても、聖法教会にとっては歓迎こそすれ問題になることはない。

　なので、ヴェルグはユリアには明日報せることにした。

「将来性を含むなら厄介な存在になりそうな魔王グリムには消えてもらいたいものですが……魔王というのはみなしぶとい生き物ですからね」

　シェルフの正直な感想に、ヴェルグも概（おおむ）ね同意なので苦笑せざるを得なかった。

「魔王がどうなろうとも構いませんが……それよりも、恐れるべきは聖女様の怒りを買わぬことです。その点については、慎重に行動するようお願いします」

「シェルフ殿、あなたの心配は杞憂（きゆう）ですよ。聖女様は魔王グリムに対しては強い恨みを抱いているので大丈夫でしょう」

さすがのユリアも死を望んでいないかもしれないが、その瀬戸際にグリムが立つことは逆に願うかもしれない。

それ以前に女王の思惑通りに従うのは何か面白みに欠ける。

明日の朝に報告するだけでは何の影響も与えられないかもしれないが、それでもこちらの意図は女王には確実に伝わるだろう。

少しは焦りを感じてもらいたいと、ヴェルグは思うのだ。

「楽しそうですね。何を考えているのかわかりますが、相変わらず性格が悪いことで……いずれ痛い目を見ますよ」

シェルフが呆れたように言ってくる。

「性分なもので……やはり相手の思惑で動くよりも、自分の判断で動いて、動かすほうが性に合っています」

＊

夜の闇がまだ残る中、静寂が魔都を包み込んでいた。

夜明けの兆しを感じさせる微かな光が、遠くの空に漂い始める時刻。

その光は徐々に広がり、街の隅々に生まれる日の光が、建物の角や樹木の葉を優しく照らし出せば、小鳥たちの歌声が、眠りから目覚める人々の耳に心地よく響いた。

朝日を窓辺で浴びる人々は、深い息を吐きながら外の景色を眺めている。

路地に並ぶ木々は、新しい一日の始まりを静かに迎えていた。

その間、街の市場では早くも人々が活気づいており、朝の喧騒が漂っている。

一方、エルフが住む特別区にある公園では、緑の芝生が朝露で潤い、夜の間に咲いた花々が優雅に風に揺れていた。散歩するエルフの姿がちらほらと見えて、心地よい朝の涼しさを感じながら談笑している。

朝日は次第に高く昇り、魔都は活気に満ちていく。

喧騒や活気が交錯する中、ユリアは朝早くからヴェルグの屋敷に向かっていた。

彼女が乗る馬車は古風ながらも優美な装飾が施されており、彼方此方に飾られた彫刻が、その風格を一層引き立てていた。駿馬たちは美しい革製の鞍に飾られ、馬車の車輪は静かに回り、その摩擦音が石畳の上に響いている。

「早朝から呼び出されるとは……全く、今日はアルスと共に過ごそうと思っていたんですが……」

「愚兄が申し訳ありません」

対面に座るエルザが頭を下げて謝罪した。

「謝罪は不要です。エルザの責任ではありませんから……それよりも、一体用件はなんなのでしょうね」

呼び出された理由がわからなかった。

ヴェルグが寄越してきたエルフの使者は何も情報を持っていなかったからだ。

恐らくアルスの〝聴覚〟を警戒してのことなのだろうが、アルスはユリアたちの会話を盗み聞きなどしない。他者の個人的な会話に介入することは倫理に反することだと思っているからだ。常識知らずではあるが、ちゃんと他人の感情を尊重しての行動はできるのである。あとはユリアを信じて――信頼してくれているのだ。

「そういえば……」

馬車の窓から流れる風景を見ていたユリアは、とある違和感に気づいた。

「今日まで魔都に滞在していて、色んな場所を巡ったりもしましたけど、子供の姿を一切見ていないことに気づきました」

魔都に滞在してから一週間以上が経過したが、なぜか今になって初めて気づいた。

それは、おそらく〝魔都ヘルヘイム〟が特異な環境下にあるからだろう。

街の外に一歩でも踏み出せば、子供たちが対峙するであろう魔物が大量に蔓延っており、か弱い存在は一瞬にして命を奪われる運命にある。

そう、だから魔都に子供たちが住むということはあり得ないのだと、無意識に納得していたのかもしれない。

「エルフの子供は〝大森林〟から連れてきていないだけですね。たまに魔族という存在を勉強させるために連れてくる親はいますがごく稀です」

淡々とエルザが説明してくれる。

「何より、〝失われた大地〟は、あの繁殖力で知られるゴブリンですら生息できない過酷な地なのです。いくら魔族の子供と言えども、幼い頃の彼らは力が弱く、〝失われた大地〟を生き延びるほどの強さは備わっていません」

「では、魔族は子供を産まないのですか？」

「いえ、産むそうですが、その情報は全て秘匿されています。噂によれば、女王が安全な場所を確保し、そこで魔族の母親たちに子供を育てさせていると言われています」

「それは素晴らしいですね。魔都は他種族が入り乱れていますし、中にはよこしまな感情を持つ者もいます。ずっと子供たちを見守ることは容易ではありませんから、女王の政策は子供の安全性を考慮しているという観点から正しいのでしょうね」

「はい。確かに、過去には様々な問題が発生したようです。魔族の子供たちは幼い頃から強靱な力を持っていますので、かつては誘拐されて暗殺者など都合の良い存在に育てられるという事例もあったそうです」

エルザと話していれば、やがて馬車は屋敷の前に着く。

「聖女様、この早朝にお呼び立てして申し訳ございません」

馬車を降りれば頭を下げるヴェルグの姿があった。

その隣にはフードで顔を隠しているせいで表情はわからないが、何度かユリアと会ったこともある〝第十使徒(アシヨラ)〟のシェルフがいる。

「聖女様、ご足労いただき、心より感謝申し上げます。まずは呼び出しの用件をお伝えしたいのですが、こちらでは話しにくい話題です。どうぞ、中へお入りください」

シェルフを先頭に屋敷の中に入ると、大勢の使用人が出迎えてくれた。

その中には、総じて耳の長い者ばかりが目立っている。

彼らは珍しいと言われるエルフであり、その見目もまた人間などと比べようもないほど整っている。そのため、このように多くのエルフが揃(そろ)っている光景は、さすがに壮観であった。そんな彼らに軽く会釈しながらユリアは応接室に案内される。

「どうぞ、お座りください」

ヴェルグに促されて、ユリアがソファに座ればエルザも隣に腰を下ろした。

対面にはヴェルグとシェルフが座る。その傍らでは使用人たちが無駄のない動作で紅茶を用意していた。

「朝食は如何(いかが)ですか？」

ヴェルグの問いかけにユリアは首を横に振る。

「紅茶だけで十分です。それよりも、呼び出した理由を話していただいても？」

使用人は各々の紅茶を並べ終わると頭を下げて部屋からでていった。

家主が何も言わなくても退出する辺り、彼らはよく訓練されているのだろう。

エルザが満足そうに紅茶を飲みながら頷(うなず)いているので合格点なのは間違いない。

「聖女様を呼び出した理由なんですが、昨晩、女王から使者がやってきました」

ヴェルグが口火を切ってから、ユリアは紅茶を飲みながら軽く頷いて先を促す。

「高域に〝廃棄番号(アンチテーゼ)〟が現れたとの話でした」

「それなら知っています。魔王グリムが討伐に向かったことも、彼がギルドメンバーに伝言を残していましたからね」

「それなら話が早いですね。魔王グリムですが女王が言うには討伐に失敗したそうです」

ユリアは予期せぬ言葉に驚いて、カップをソーサーに大げさに鳴らしてしまった。

少し目を見開いたまま彼女がヴェルグを見つめれば、彼は相変わらず感情を読み取れない笑みを浮かべていた。

「相手は数字が不明の〝廃棄番号(アンチテーゼ)〟だったようですが、勝利を摑(つか)む目前で〝廃棄番号(アンチテーゼナンバー)No・Ⅲ(スリー)〟に介入されて一気に劣勢に陥ったようです」

「……〝廃棄番号(アンチテーゼ)〟の上位が相手ですか、魔王グリムでは荷が重いかも知れませんね」

〝廃棄番号(アンチテーゼ)〟とは、〝失われた大地〟からの追放者であり、彼らの犯した罪の詳細を把握しているのは魔都の上層部のごく一部だけだ。

追放された〝廃棄番号(アンチテーゼ)〟は人類圏の社会で自由気ままに振る舞い、甚大な被害を及ぼすことから時には多大な犠牲を払って討伐する試みもあったりする。それが下級や中級なら問題はないのだが、上級魔族はまず手に負えない存在だ。

〝廃棄番号(アンチテーゼ)〟の存在を認知すれば、周辺諸国は魔法協会か聖法教会へ支援を求め、時には魔王や聖天を派遣してもらうこともあった。

このような状況から、人間社会では魔族が極めて恐れられている。そして、〝廃棄番号(アンチテーゼ)〟は数字が小さいほど強力な個体となっており、一桁の番号は全て上級魔族が占めている。そして、一桁の中でも——〝Ⅴ〟より若い数字は別格の実力を誇るのだと噂程度に伝えられていた。

「グリムの生死は不明ですが、腐っても魔王なので生きている可能性のほうが高いでしょう」

「正直に言えば救援には向かいたくありませんが、死なれても困りますからね」

カレンを傷つけたのだから痛い目をみればいい。

しかし、だからと言ってグリムの死まで願っているわけではない。

それに、アルスのことだからグリムの危機を知れば助けに向かうことだろう。

「いえ、アルスのことだから〝廃棄番号(アンチテーゼ)〟と戦えると知ったら確実に嬉々(きき)として向かいそうですね」

昨日の夜に〝廃棄番号（アンチテーゼ）〟と戦えないことをアルスが残念がっていたのを思い出す。

グリムの危機を口実にできるなら確実に〝廃棄番号（アンチテーゼ）〟との戦いに介入するはずだ。

頭の痛い問題だが、彼を止めることは不可能に近いので、その時は思うがままに暴れてもらうしかないだろう。

「それで魔都側の動きはどうなのですか、女王は〝廃棄番号（アンチテーゼ）〟の討伐に動き出すのでしょうか？」

ユリアの質問に反応したのはヴェルグの隣に座るシェルフだ。

「そのような動きを見せてはいますが、おそらく形だけで実際に討伐に乗り出すことはなさそうです」

「魔都側は放置することを決めましたか……〝魔物行進（モンスターパレード）〟のときといい、女王が何かを企（たくら）んでいるのは間違いなさそうですね」

「アルス様のことを調べたいのか、聖女様の動きを観察しているのか、あるいは別の目的で我々が勘違いしている可能性もありますが……いまいち相手の動きが摑めないので困ったものです」

シェルフは苦い笑みを浮かべながら肩を竦（すく）めた。

「一つ、シェルフさんに調べてほしいことがあるんですが……」

ユリアは昨夜のアルスとの会話を思い出していた。

「アルスが高域で魔王リリスさんと出会ったと言っていました。何か情報など掴んでいませんでしたか？」

「魔王リリスですか……そのような情報は全くありませんでした。見間違いなどではなく、本当に高域に現れたのですか？」

「ええ、アルスの見間違いはありえません。その場には元二十四理事（ケリュケイオン）のシオンさんも同行していましたから、魔王リリスさんが一人でいたのは間違いないようです」

「一人で……護衛もなく、それは不自然ですね。そこで〝廃棄番号（アンチテーゼ）〟の出現ですか。それ以前には〝魔物行進（モンスターパレード）〟まで起きている。更に〝白狼（フェンリル）〟の出現まで合わせれば前代未聞の大事件が立て続けに起きているわけですね」

「街の一つや二つが滅びてもおかしくはない状況です。そんな問題が立て続けに起きていながら、〝魔都ヘルヘイム〟側の被害は一切ありません。そして、問題の対処に追われているのは我々だけ——これは何者かの意図による可能性が高いです」

ユリアの推測にヴェルグとシェルフは難しそうな表情で唸（うな）った。

そんな彼らの表情を順番に見てからユリアは結論を口にする。

「シェルフさん、女王の身辺の調査を、出来れば監視をお願いします」

「わかりました。これまで以上に言動のほうにも注意しましょう。一つの動作も見逃さないように部下へ伝えておきます」

「ありがとうございます。それで魔王グリムですが、数字が不明の〝廃棄番号(アンチテーゼ)〟の討伐に失敗して〝廃棄番号No.Ⅲ(アンチテーゼナンバースリー)〟に追い詰められているのですよね」

「魔都側の情報に基づくと、ですが……他にも何か気になる点がございますか？」

「グリムの部下がいたはずです。彼女たちはどうなりましたか？」

さすがにグリムの部下であるキリシャに関しては恨みなどはない。

できれば無事でいてほしいのだが、ヴェルグからは芳しい反応が返ってこなかった。

「申し訳ありません。そこまではわかりかねます」

「そうですか……無事でいてほしいものですが、継続して情報は収集してください」

「わかりました。女王の動きも含めて監視させていただきます。そのために〝第十使徒(アシヨラ)〟を〝魔都ヘルヘイム〟に呼んだのですからね」

ヴェルグの期待に満ちた視線を向けられたシェルフは力強く頷いた。

「お任せを、必ずや綻びを見つけてみせます」

「期待しています」

労い(ねぎら)の言葉をかけてから、ユリアは紅茶を口に含んだ。

そして、視線を何気なく外の景色に向けた。

アルスにどうやって伝えるか、〝廃棄番号(アンチテーゼ)〟にグリムが敗北したなどと言えたら楽なのだが、それを口にすることは情報の源泉を疑われる可能性を孕(はら)んでいる。

いずれにせよ、ユリアはアルスに自身の立場を打ち明けるつもりだったが、今はまだ聖法教会の関係者であることは秘匿したい。

そして、このたびの問題は、ヴェルグたちの存在を明かすわけにはいかず、会話の中で上手く誘導して説明する他ないが、カレンも同席しているだろうから、不用意な発言は自らの首を絞める結果となりかねない。

「悩ましい問題ですね」

これも何者かの策略であるならば、見事なものだと言わざるを得ない。

どこまでもユリアを苦しめるものだ。

いずれ、この策謀の背後にいる者の正体が明らかになれば、何十倍にも渡る報いを用意しなければならない。

「復讐の手段は後ほど考えて、今はアルスへ違和感のない説明をすることを考えますか」

宿屋に帰るまでに名案が浮かべばいいのだが、憂鬱な溜息を吐きながらユリアは立ち上がるのだった。

＊

朝靄が微かに立ち込めた窓辺に、淡い光がやさしく差し込む。

宿屋に併設された食堂は静謐な時間の中に包まれ、朝の静けさが心地よく広がっている。

テーブルの上に並べられた、薄く切り分けられたパンの香りは、目覚めたばかりの心を優しく包み込み、空きっ腹を刺激してくる。

ふわりと湯気を立てる珈琲カップ、漏れる香りは目を覚ますような深い芳香を放ち、その匂いは魔法のように甘く香しい。

「いただきます」

アルスが手に持ったサンドイッチは、白いパンに包まれているせいか朝の光に照らされて輝いていた。

たった一度齧りつけば——ハムとチーズ、新鮮な野菜の風味が口の中に広がる。

朝食の幸福な時間、穏やかに流れる空気を楽しみながら舌鼓を打つ。

「シオンも元気を取り戻したみたいでよかった」

アルスは隣に座るシオンに目を向ける。

サンドイッチを食べるアルスと違って、シオンは朝からステーキやら丼飯やら胃に強烈な打撃を与えそうな濃い食べ物ばかりを揃えていた。

しかし、次から次へとシオンの口の中に消えていく様は壮観の一言に尽きる。

周囲の人々は驚きと興味深さを隠せない。

彼女の大胃袋の奇跡的な能力に目を奪われ、その姿をじっと見つめている。

　しかし、彼女はただただ食べることに集中し、次々と料理を平らげていった。

絶え間なく彼女の手は動き、口は決して休むことなく、それでいて、食べ方はとても綺麗なものだから、卑しさを感じることもない。彼女が大量に料理を食べる姿は誰もが思わず笑顔を浮かべるほど見事なものだった。

「昨日の夜は食べなかったもんね。その分も含まれてるのかしら？」

苦笑しながら、大食いを見つめているのはカレンだった。

彼女は軽く朝食を摂った後、今は珈琲を楽しんでいる。

「すぐに寝たからな。マッサージも効いたかもしれない」

アルスのマッサージに気づかなかったほど、シオンは深い眠りについていた。

「あぁ……疲れていても身体って正直な反応をするものよね」

遠い目をしながらカレンは語る。その奥に光る輝きは過去の記憶が静かに漂っているかのようだ。昨日のマッサージをされているシオンの様子を思い出しているのだろう。

「マッサージはすごいんだ。魔法と同じぐらい本当に奥が深いものだ」

感慨深そうにアルスが頷けば、カレンは胡乱げな目を向けた。

まるで、こいつは何を目指しているんだと言いたげな視線である。

「昨日はカレンにしてやれなかったから、朝食を食べ終えたらやるか？」

昨日はレギとシギに専念し、さらにシオンを集中的にマッサージしたため、カレンに施

すことができなかった。ちなみに朝食の時間になってもレギとシギがいないのは、マッサージが効きすぎたのか起こしても目覚めなかったからだ。

「いえ、結構よ。今日一日を無駄にしたくないもの」

清々しい笑顔でカレンに断られた。

「そうか……なら、ユリアたちにマッサージでもするかな」

「そういえば、お姉様がいないけど、朝からどこに行ったの？」

「気づいてなかったのか、朝早くから知り合いが訪ねてきたらしくて出掛けたぞ」

昨日はユリアがなぜかアルスの隣で寝たので、寝台が揺れたことで起こされたのだ。

「あら、エルザも？」

「ああ、二人で一緒に訪ねてきた奴と出掛けたぞ」

「誰なのかしら……お姉様って昔から交友関係が広かったけど、〝魔都ヘルヘイム〟にも知り合いがいたのかしら」

「かもな」

「アルスって耳が良いくせに、お姉様の会話とか盗み聞きしないの？」

「する必要がないからな」

「気になったりしないの？　例えば知らない男の人と会話してたりとか、何か秘密のことを話してたりすると思わず聞きたい衝動に駆られたりしない？」

カレンの何処か探るような言葉に、アルスは首を傾げて考えるが結論は早かった。

「ないな。気になるなら盗み聞きせずに直接聞くよ。ユリアなら普通に答えてくれるだろう。オレに聞かれたくないなら謝ってきて、いずれは打ち明けてくれるんじゃないか」

「へぇ～……よくわかってるじゃないの。確かにお姉様はそんな感じね。それにしても信用してんのね～」

ニヤニヤと含みのある笑みを向けてくるカレン。

「当然だろ。約束もしているからな。オレは破ったりしないぞ」

ユリアと出会ったばかりの頃に交わした約束と夜の出来事は、アルスの心から消えることはない。

彼女が何を考え、どんな行動をとっているのかは知らない。

たとえ何かを企んでいるとしても、それはアルスを傷つけることはないだろうと信じている。

ユリアは決してアルスを苦しめるような選択をすることはないと確信していた。

「あらあら、お姉様に聞かせたら顔を真っ赤にして部屋に閉じこもっちゃいそうね」

ごちそうさま、そんなからかいを含んだ言葉を最後にカレンは珈琲を飲む。

彼女の仕草は元王女なだけあって、優雅でありながら気品に溢れていた。

珈琲を飲む姿は、まるで幸せに満ちた人生の喜びを味わっているかのようだ。

　そんな穏やかな朝を三人は楽しんでいた。

　しかし、平和な時間はいつも長続きするわけではなく、宿屋の入口から聞こえる騒々しい声がアルスたちの平和な時間を打ち砕いてしまう。

「……あれはキリシャ嬢だな」

　と、言ったのはシオンだった。

　満足な量を食べることができたのか、椅子に背を預けながら入口に目を向けていた。

　そんな彼女の視線を追いかけて見れば、泥だらけのキリシャの姿が目に入ってくる。

　彼女の髪は埃に塗れて、顔には傷や汚れがあり、衣服は色彩がわからないほど土だらけであった。足元からは泥水が滴り落ち、その姿はまるで戦場から逃げ出してきた戦士のように悲壮感溢れる姿だった。その後ろには疲れ切った表情で、キリシャと変わらない姿のノミエとガルムの姿もある。

「いた！　アルちゃん！　アルちゃん！」

　キリシャは食堂に入ってくると、アルスの姿を見つけて急いで駆け寄ってきた。

　いつも天真爛漫な笑顔を浮かべている彼女にしては珍しい表情をしている。

　切羽詰まっているというより、追い詰められた人間が浮かべる、余裕のない引き攣った顔をしていた。

「助けてほしいの！　グリちゃんが、戦ってるから助けて！　大変なの！」

要領を得ない言葉の羅列、それでも、助けてほしい必死の感情は伝わってきた。

それだけの想い（おも）があればアルスが動く理由になる。

「いいぞ。どこに行けばいい？」

理由なんてわざわざ尋ねなくてもいい。

助けを求めてきているのだから、アルスは手を差し伸べるだけだ。

確かにグリムには迷惑をかけられた。カレンもシオンも許してはいないだろう。

それでも謝罪の意思は伝わってきたし、面倒な事柄を押しつけてもグリムは文句を言いながらも引き受けてくれた。

なにより〝魔物行進（モンスターパレード）〟の時は誰もが見捨てる中で、グリムたちは助けにきてくれた。

ならば、十分だ。

キリシャの願い、グリムへの恩義、助けるのに理由はもう必要ない。

「行くの？」

と、カレンが確認すれば、迷うことなくアルスは頷いた。

「確かに因縁はあるだろうし、カレンとシオンは無理しなくてもいいぞ」

簡単に過去の出来事は水には流せない。

当事者ではないからこそ、アルスは引き受けることができたのだろうし、カレンやシオンがついてこなくとも彼女たちの気持ちは尊重するつもりだった。

「ここで借りは返しておきたいしな」

「なら、あたしは貸しを作っておこうかしら。魔王への貸しなんて滅多にできるもんじゃないしね～」

軽い調子でカレンが言えば、シオンもまた苦笑しながら立ち上がった。

「十分に食事も摂った。そろそろ運動がしたいと思っていたんだ」

シオンもカレンもついてくるようだ。

そんな二人の姿を見てキリシャが感極まったように瞳を潤ませた。

「カレちゃん、シオちゃん、ありがとう！」

「いいのよ。人手がいるならシューラーたちを集めるけど、どうする？」

「やめたほうがいいかも、相手は〝廃棄番号（アンチテーゼ）〟だし、犠牲がでる可能性を考えたら少数精鋭のほうが……それに今はなにより急ぎたいところだから……」

「ああ、キリシャ、ごめんなさい。配慮が足りなかったわ。それだけ時間がないのね？」

カレンがキリシャに確認すれば彼女は頷いた。

人を集めるには時間がかかるし、大所帯で助けに向かったとしても、数が多ければ多いほど速度は落ちてしまう。ならば、少数精鋭で行動するほうが効率的に、グリムを救い出すことができるだろう。

「なら、アタシたちは後で合流したほうが良さそうだな。アルスには〝音速（クラングファルベ）〟があるから先行してもらったほうがいいだろう」

シオンの提案にカレンもまた同意する。

「そのほうが良さそうね。それに、彼女たちを治療してあげないといけないし」

カレンが見た先ではノミエとガルムが床に倒れていた。意識を失っているようだが、疲労で限界を迎えただけで怪我などが理由ではないようだ。

「アルスは先にキリシャとグリムを助けに行ってあげて、あたしとシオンは二人を治療してから後で合流することにするわ」

「わかった。キリシャもそれでいいか？」

アルスがキリシャに確認をとれば、彼女は勢いよく何度も頷いた。

「助けてくれるだけで感謝だよ！　本当にありがとうね！　カレちゃんに、シオちゃん、二人の事お願いするね！」

「ええ、だから安心してグリムを助けに行きなさい！　ほら、急いでるんだから、さっさと出発しなさい」

準備に時間をかけていれば、グリムがどうなるかわからない。

だから、カレンがアルスたちを急かしてくる。

「わかったよ。じゃあ、行ってくる」

「うん、必ず追いかけるから無茶しないようにね！　あっ、それとお姉様への伝言は任せておいて！」

「その必要はありませんよ」

声に反応して視線を向ければユリアが立っていた。

その背後にはいつものようにエルザの姿もあり、ユリアはキリシャに視線を向けてからアルスを見て来る。

「〝廃棄番号(アンチテーゼ)〟が現れた話は魔族たちの間でも有名になっているようです」

説明するまでもなく、ユリアは状況を理解しているようだ。

「私も〝光速(エクレール)〟があるので同行させてもらいますね。エルザはカレンの手伝いをお願いします。後で合流しましょう」

「わかりました。ユリア様、ご武運を。アルスさんも怪我をしないように気をつけてください」

エルザたちに見送られてアルスはユリアと共に宿屋をでる。

「キリシャが案内するからついてきて！」

幻想狼(スコル)を召喚したキリシャが、その背に乗って走り出せば、アルスとユリアは顔を見合わせると苦笑した。

「じゃあ、キリシャに置いて行かれないように追いかけるとするか」

「はい。そうですね。ふふっ」

魔法を行使しようとした瞬間に、ユリアが楽しそうに顔を綻ばせたのでアルスは首を傾げる。

「急に笑ってどうしたんだ？」

「不謹慎かもしれませんが、アルスと二人で何処かに行くのは久しぶりだな、と……出会った時のことを思い出していました」

確かに、魔法都市に辿り着いてから、二人での時間が減ったことは事実だ。

ほとんど一緒に行動してはいるが常に他の仲間と一緒で、二人っきりということはなかった。最近では個々で忙しくしていることも多く、二人だけの時間は確実に減ってしまっていた。

「今度二人で遊びに行くとするか」

「はい！」

嬉しそうに返事をするユリアにアルスは頷き返す。

「それじゃ、さっさとグリムを助けにいくとするか」

「そうですね！　行きましょう！」

凄まじい速度で駆けていくキリシャの背中に向けて二人は駆け出した。

＊

低い丘が連なって、その先には巨大山脈の双子山が覗き見えている。

太陽は中天に差し掛かり、空は海よりも淡い青で染まっていた。

地平線は爽やかな色彩で彩られ、白昼の光景が穏やかなざわめきを奏でている。

平原の草花は風に揺れ、その青々とした茎が緑の波のように踊っていた。

野生の花々が点在し、鮮やかな彩りを添えて、風が吹けば花々は気持ち良さそうに揺れ動き、その甘い香りを風が遠くまで運んでいく。

地平線の彼方には、草を食む魔物の群れが姿を現していた。

彼らは自由に平原を駆け回り、草原を自らの楽園として、その存在感が平原の雄大さを更に際立たせている。

そんな広大な平原に唐突な破砕音が響き渡って場を支配した。

「ははっ、なかなか耐えるじゃないか、魔王グリムさんよぉ！」

笑い声が鼓膜を揺らす中、グリムは傷だらけになりながら不屈の闘志を燃やし続けた。

〝失われた大地〟──高域三十四区。

キリシャたちを逃がした後、〝廃棄番号Ｎｏ．Ⅲ〟のフニングニルの攻撃はますます苛烈になり、それに応じてグリムも自身の限界を超える挑戦に臨むしかなかった。

グリムは自身の魔力が底をつきかけていることを感じているというのに、対峙する相手の〝廃棄番号Ｎｏ．Ⅲ（アンチテーゼナンバースリー）〟のフニングニルは、楽しげに攻撃を仕掛けてきて、その力はまるで疲れ知らずだった。

それでも、グリムは絶望することなく立ち向かい続けている。

グリムに逃げる選択肢はない。

キリシャたちを守り抜くという使命を果たした後、彼に残されたのは生き延びるための道だけだったはずなのだが、自尊心が逃げることを拒絶したのだ。

魔族から逃げてはいけないと、〝廃棄番号（アンチテーゼ）〟に背を見せるなと心が叫んだのである。

「はっ、まだまだ余裕だぜ？」

挑発に対して冷静に切り返すグリム。攻撃を避けながら自身の得物である大鎌を振るっては距離をとる。

きっとグリムの発言など強がりとしか捉えていないだろう。

現に〝廃棄番号Ｎｏ．Ⅲ（アンチテーゼナンバースリー）〟フニングニルは戯（ざ）れ言（ごと）だと判断したのか余裕の態度を崩すことはなかった。

「それにしちゃ及び腰じゃないか、もっと食い込んでくるかと思ったんだけどな」

フニングニルの嘲った声が風で運ばれて鼓膜を揺らし、彼は自身の得物である拳を下ろした。それから呆（あき）れた様子で鼻を鳴らすと、その表情は期待外れだと言いたげで、グリムに向ける瞳は隠すことのない失望で染まっていた。

「つまんないよ、お前。逃げてばっかで戦う気がないなら、とっとと魔都に逃げ込みゃいいのに、何を考えてやがんだ」

「……てめェを倒すことを考えてるだけだ」

グリムの言葉は風で消え去りそうだったが、彼の心は過去の傷が未だに癒えぬまま、仇討ちへの執念で燃えていた。

もはや、意地なのだろう。

グリムは〝廃棄番号Ｎｏ.Ⅲ〟に勝てないことを理解していた。

だから、馬鹿な意地だということは理解している。

本当に理解はしているが、ただ身体が納得してくれない。

退くことを許してくれず、逃げるべきだと悟る度に、脳裏にかつての光景が蘇るのだ。

あの日、家族を失った日のことを彼は決して忘れることができない。

あの恐ろしい出来事が、グリムの心に永遠に焼き付けられている。

家族と共に暮らしていた家は、彼にとって唯一の安息の場所だった。

しかし、あの日、無慈悲な災厄がそれを奪い去った。

グリムは家族の命を守ることができず、無力さと絶望が彼の心を抉り続けた。

帰るべき場所を失ったとき、彼の心は暗闇に包まれた。

孤独と喪失感が彼を襲い、彼は自分の存在意義を見失った。

しかし、グリムは決して逃げなかった。

自分の矜持(きょうじ)を守るため、仇を討つため、グリムは絶えず前に突き進み続けた。

他人がグリムの人生を振り返れば、復讐(ふくしゅう)に取り憑(つ)かれた馬鹿だと笑うかもしれない。

しかし、グリムは自分の信念に忠実であり続けた。

〝廃棄番号(アンチテーゼ)〟が現れたと聞けば、どんなに遠くだろうが討伐に向かった。

死にかけたことは何度もあったが、決して背中を見せることはなかった。

弱みをみせず、闘い続けて、絶えず前に進んだ。

自分の運命を受け入れず、常に勇気を持って、未来へと歩み続けた。

「やっと……辿り着けそうなんだわ。自分が目指していた場所に……あの子供の頃に抱いていた場所を知ることができそうなんだよ」

「しつけぇな！　〝雷撃(サンダー)〟！」

「ぐっ!?」

フニングニルの拳から放たれた雷がグリムに直撃する。

瞬間、グリムはシオンに許しを請うた日のことを思い出す。

部下だったクリストフの暴走を止めることができず、多くの犠牲者をだしてしまった。

　そして知らず知らずの内とはいえ、無実の人々が改造された〝人造魔族〟を〝廃棄番号(アンチテーゼ)〟だと思って殺し尽くしたのは自分自身の許されざる大罪だ。

そして〝鬼喰（ぐ）い〟という誇りある二つ名は一気に不名誉な証（あかし）となってしまった。

しかし、彼らの許しを得る機会はない。

グリムが彼らを悉（ことごと）く殺してしまったからだ。

だから、謝罪の言葉も聞き届けられることはない。

もはや、魔王グリムでも手の届かない場所に、彼らは行ってしまったのだ。

自らの手で殺（あや）めてしまった後悔、血に塗（まみ）れた自身の手はもはや汚れすぎていた。

だからこそ、突き抜けなければならない。

後ろを振り返ることなどあってはならない。

自分は魔王なのだ。

だから、グリムは〝廃棄番号Ｎｏ．Ⅲ（アンチテーゼナンバースリー）〟に敵（かな）わぬと知りながらも前に進み続ける。

「〝砂嵐（ザントシト）〟」

フニングニルが指を鳴らせば、突如として風が猛烈に吹き荒れて、地面から砂が舞い上がり、瞬く間にグリムを飲み込んでしまう。

「くそ!?」

脱出しようとしたグリムだったが、そうはさせまいと砂粒が皮膚を叩（たた）きつけてくる。

風の勢いは強くなり、砂粒は無数の小さな刃となって、グリムに襲い掛かった。

更にグリムの身体はあっさりと空へ投げ出される。

そして再び地上に落ちてきたグリムは背中から強く地面に叩きつけられた。

「これが最年少の魔王で、神童とまで謳われた男か……とんだハズレだったな」

地面に倒れるグリムを眺めながらフニングニルは嘆息する。

「これ以上、惨めな姿を晒してどうするんだ？」

まだ立ち上がろうとするグリムにフニングニルは告げる。

もはや、ボロボロの姿に魔王と呼ばれるほどの威厳はなくなっていた。

「このまま逃げるなら追わないでやる。貴様みたいな雑魚には興味もない。雑魚は雑魚なりに家の中に閉じこもって震えてろ。負けるよりマシだろ？」

「はっ、一度心は折れてんだよ。負けることなんざ、どうも思わねェ」

グリムは大鎌を構えると、挑発的に口角を吊り上げた。

「見窄らしくても……てめェら〝廃棄番号〟には俺の芯だけは折らせねェ」

「……魔王が根性論を語り出したら終わりだな」

フニングニルはグリムが何を言っているのか理解出来ない様子だったが、苛立った様子で彼に肉薄すると鳩尾に拳を叩きつけた。

強烈な打撃を受けたグリムはあまりの衝撃に身体をくの字に曲げる。

「本当に期待してたんだぜ。〝廃棄番号Ｎｏ．Ⅰ〟が貴様のことを才能あるとか持ち上げまくってたからさ」

フニングニルは落胆を顔に滲(にじ)ませながらグリムに拳を振るい続ける。

グリムは避けることもままならず、その強烈な攻撃を受け続けた。

しかし、グリムは決して屈することなく、時折反撃を試みている。

たとえ、それがフニングニルに命中することはなくても、その執念深さは目を見張るものがあった。

「根性だけはあるようだけどな……全くなにが楽しめるってんだ。女王の怒りを買うだけで何にも面白いことなんて起きないじゃねえか」

「おい、てめェ……〝廃棄番号Ｎｏ．Ｉ(アンチテーゼナンバーワン)〟の野郎はどこにいる？」

「身の程を知れよ。魔王グリムさんよ」

フニングニルはグリムが振り下ろした大鎌の刃をあっさりと片手で受け止める。

そのまま足を払って、グリムを地面に倒して彼の背中を踏みつけた。

「いい加減、理解しろよ、魔王グリム。貴様は俺の〝魔壁〟も貫けない力しかないんだぞ。どう足掻(あが)いても勝てないのに〝廃棄番号Ｎｏ．Ｉ(アンチテーゼナンバーワン)〟なんて化物を相手にしたら肉片すら残らないぜ？」

「いずれ……殺す……いずれな」

悔しげに地面へ向かって吐き出したグリムを、フニングニルは哀れみのこもった目つきで見下ろした。

「現実を見ろ。今から貴様は死ぬんだ」

フニングニルはグリムの頭に踵を落としてトドメを刺そうとする。

だが、踵がグリムの頭蓋骨を砕く前に、彼の背中からフニングニルの姿が消えた。

文字通り、その場から一瞬にして消え去ったのだ。

「あ？」

唐突に重みが去ったことでグリムが怪訝そうな表情を浮かべる。

何が起きたのか理解できない。グリムの表情はそう言いたげであった。

次いで轟音がグリムの鼓膜を揺さぶった。

音の発生源に目を向ければ、激しい土埃が空に向かって立ち上っているのが見えた。

そして、ようやく視界の端にグリムは違和感の正体をとらえる。

その堂々とした立ち姿は泰然自若で、

「よう、グリム。手を貸そうか？」

傲岸不遜な態度で黒衣の少年は告げるのだった。

＊

暗い部屋の中、その女性は影に溶け込むように静かに立っていた。

部屋の暗闇が彼女の顔を覆い隠しているが、その輪郭からは強い色気が感じられる。

彼女の目は暗闇の中でも鋭く輝いており、その眼差しは熱量を持っているかのようだった。

彼女の周りで張り詰めたように漂う静寂は、彼女が思考の海に沈み、脳が活発に働いていることを示していた。

彼女の頭の中では、計画が練られ、常に修正され、策略が張り巡らされている。

彼女は周囲の状況を冷静に分析し、自らの目的達成のために手段を選ばず進んでいく決意を持っていた。

「舞台は整ったようですわ」

魔都の女王ヘル——否、魔導十二師王第二冠のリリスは微笑んだ。

「そうか……順調のようでなによりだ」

答えたのは巨大な狼だった。

毛並みは銀の光を帯びた白で、暗闇の中にあっても輝いている。

その白さはまるで未踏の雪原のようであり、周囲の闇を払うほどに美しい。

その眼光は鋭く、眼差しはまるで暗闇を貫く光のようで、周囲の全てを見透かすかのように透明だった。その存在感はただ地面に伏せているだけであるにも拘わらず、圧倒的な威厳を湛えている。

「わたくしの姿は見えておりますの？」

「ああ、怪我（けが）の影響で一時的に視力は落ちていたが、十分に回復したようだ」

「それは良かったですわ。視力が戻らなかったら、どうやってお世話をしようか悩んでおりましたもの」

「安心しろ。怪我が治らなかったとしても貴様の世話にはなっていない。山の奥深くで隠居でもしていただろうな」

「照れなくてもよろしいのですわ。長い付き合いなのですから、甘えてくださってもよろしいんですのよ」

「ふんっ、ありえない未来の話よりも、計画のほうはどうなっている」

揶揄（からか）ってくるリリスの相手をするのに辟易（へきえき）したのか、白狼（フェンリル）は鼻息を荒く吐き出してから強引に話題を戻した。

「舞台は整ったと言ったはずですわ」

「白の少女はどうだ？」

「そちらも引き出すことに成功しました。感謝してくださいな。これで彼女の実力を確かめることができそうですわね」

「前回は〝原初〟との戦いに集中していたせいで、白の少女の戦いを見ることができなかったからな」

「わたくしも初めて〝魔法の神髄〟の戦いを見ることができるので楽しみですの」

「白の少女の相手はちゃんとしたのを用意しているのだろうな？」

「ええ、ちゃんと交渉したので、それなりの〝廃棄番号〟が相手をするはずですわ」

「ならば良い。ここから先は観戦者となろう」

白狼は目を細めると遠くを見つめた。

「それが〝千里眼〟に匹敵すると言われている神獣だけが持つ〝遠見〟ですのね」

「そなたも同じような魔法を所持していなかったか？」

「ああ……これは、わたくしの魔法ではありませんのよ」

リリスは自身の目を指しながら微笑む。

「それでお願いがありますの。〝遠見〟を共有していただきたいのですわ」

「今は見えていないということでいいのか？」

「見えておりますわ。でも、白の少女の戦いが見れませんの。だから、お願いしますわ」

「……………我の首に触れるとよい。少しばかり力を貸してやろう」

そんな白狼の首元に手を触れたリリスは目を閉じた。

感覚の共有、神格を獲得するほど古い獣だからこそ手に入れられた魔法。

魔族のリリスでさえ足下にも及ばないほど白狼は長い年月を生きている。

「邪魔が入らないように、中級魔族もプレゼントしてあげますの」

熱を帯びた頬に手をあてながら、リリスは熱い吐息を吐き出した。

「さあ、わたくしの〝魔法の神髄〟、あなたの力を見せてくださいな」

と、リリスは楽しげに笑うのだった。

＊

平原の地平線が、一瞬にして変容する。

突如として地面が揺れ動き、大地が音を立てて割れた。

轟音が響き渡り、その場所が深淵へと沈んで、立ち上るのは土埃である。

天変地異とも見紛うほどの変化だ。

それは、まるで神の怒りによって地上が打ち震えているかのようであった。

巨大な陥没によって、地面はまるで巨人が飛び跳ねたかのように捲れ上がり、砂塵が舞い上がっている。

そんな砂煙の中から怒りの形相で飛び出してくる人物がいた。

「くそったれが、不意打ちをかましやがって！」

〝廃棄番号Ｎｏ．Ⅲ〟は怒りの形相だが、意外と冷静なのかアルスを睨みつけるだけで近づいてくることはなかった。

その間にアルスは倒れているグリムに声をかけていた。

「大丈夫か？」

「情けねェなぁ……」

悔しげに呟いたグリムは俯いたまま立ち上がろうとしたが、足に力が入らないのか座り込んでしまう。そんな彼に手を差し伸べようとしたアルスだったが、突如として横合いから現れた影によって遮られることになった。

「うぶっ!?」

唐突に現れた大きな影はグリムの腹を直撃して、彼と一緒に地面を転がって吹き飛んでいった。

やがて、土埃を巻き上げながらグリムの腹から立ち上がったのはキリシャだ。

「グリちゃん、大丈夫だった!?」

「キリシャ……てめェは本当に……」

呻くグリムだったが、そんな彼を無視したキリシャは自身のギフトを使って、逃走用の幻想狼を召喚していた。

「グリちゃん、スコちゃんに乗って逃げるよ」

創造した魔物の背にキリシャは乗った。

「待て、キリシャ、その前にアルスと話をさせろ」

　グリムは言ってから、先ほどと違って暗い表情をしていなかった。

　キリシャと会ったことで心境の変化でもあったのか、単純に自分自身で乗り越えただけなのか、どちらなのかわからないが、先ほどの危うい雰囲気がグリムにはなかった。

「……今の俺じゃあいつには勝てねェみてェだ。だからって頼むのは間違ってるんだろうけどよ」

　グリムは悔しげに唇を噛み締めながら、空を仰いでから頭を下げた。

「こんな軽い頭を下げられても困るんだろうけどよ。あとは頼んでもいいか？」

「ああ、後ろで休憩してるといい。あとはオレに任せろ」

「勘違いすんなよ。俺はいずれお前を倒すからな」

　いきなり何を言い出すのかと思ったが、アルスが返答する前にグリムは幻想狼に咥えられてしまった。

「もうグリちゃん、変なところで突っ張らないの！　とりあえず、後ろに退くから大人しくしててね！」

「キリシャ、てめェ、この運び方はねェだろうがよ」

「はいはい。文句はあとで聞くから――それじゃ、アルちゃん、本当にありがとう」

「いいから、気にすんな。後ろで見ててくれ」

「うん、それじゃ、またあとでね！」

グリムと出会えたからか、キリシャの表情はいつもと変わらなかった。

やはり彼女は笑顔がよく似合う。

颯爽(さっそう)と幻想狼(スコル)に乗って去って行く彼女を見送ったアルスは、改めて〝廃棄番号Ｎｏ．Ⅲ(アンチテーゼナンバースリー)〟を見た。

「待ってもらって悪かったな」

アルスが謝罪をすれば、〝廃棄番号Ｎｏ．Ⅲ(アンチテーゼナンバースリー)〟は鼻頭を掻(か)きながら嘆息する。

「いやぁ、別にかまわねぇよ。つまんねぇ戦いだったからな。あいつの相手はどうでもいい。俺が今興味を持っているのはお前だけだ」

〝廃棄番号Ｎｏ．Ⅲ(アンチテーゼナンバースリー)〟が言葉を発している間にも、背後から大量の中級魔族が現れていた。

「安心しろ。こいつらには邪魔はさせねぇからよ。こいつらが相手をするのは、てめぇの後ろにいる女だ」

〝廃棄番号Ｎｏ．Ⅲ(アンチテーゼナンバースリー)〟が見ているのはアルスの背後だ。

そこにはユリアの姿があった。

「一応な……戦いの邪魔はされたくねぇのよ。それと、そこの銀髪のお嬢さんは強いみたいだからな。こいつもつけてやるよ」

〝廃棄番号Ｎｏ．Ⅲ(アンチテーゼナンバースリー)〟の隣に現れたのは短髪の魔族だった。

軽薄そうな表情でユリアの身体(からだ)を舐(な)め回すように見ている。

「当たりじゃん、こんな美人の相手ができるなんて興奮するなぁ」

「あなたが、私の相手をしてくれるのですか、よろしくお願いしますね」

いつの間にか、ユリアがアルスの隣に移動してきていた。

「〝廃棄番号Ｎｏ・Ⅵ（アンチテーゼナンバーシックス）〟だ。あんたを喜ばせてやるよ」

「死ね――私が喜ぶのはあなたの首が地面に落ちたときだけですよ」

軽薄な言葉にユリアは冷めた笑顔で対応した。

「ゾクゾクするねぇ！　とっととやろうじゃないの！」

「〝Ⅵ〟は離れてやれよ。巻き込まれて殺されたくないだろ？」

「うす、じゃあ、女、あっちでやろうぜ」

「ええ、構いませんよ」

〝廃棄番号Ｎｏ・Ⅵ（アンチテーゼナンバーシックス）〟の後に続いてユリアが離れていく。

アルスがその姿を目で追いかけていれば、〝廃棄番号Ｎｏ・Ⅲ（アンチテーゼナンバースリー）〟が悪意の笑みを浮かべていた。

「はっ、あの女が心配なら、さっさと俺を倒して助けに向かうこったな」

「いや、別にユリアの心配なんてしていないさ」

あの程度の敵でユリアを倒せるはずがないだろう。

アルスが気にしていたのは、なぜ、ああまでユリアを煽（あお）るようなことをしたのか。

それほどの実力を〝廃棄番号Ｎｏ.Ⅵ〟は有しているのかと思ったのだが、あまり大したことのないように思えたのである。

「あんたもユリアには勝てないだろうしな」

「へぇ……俺があの銀髪に劣るってのか？」

「ああ、それに正直に言えば、グリムよりも強そうには見えないんだよな」

「はっ、上等だ、小僧！　てめぇら！　銀髪の女に俺の邪魔をさせるんじゃねぇぞ！」

中級魔族に命令を飛ばした〝廃棄番号Ｎｏ.Ⅲ〟は魔力を膨れ上がらせた。

号令を受けた中級魔族たちが一斉にユリアの後を追いかけていった。

再びユリアが消えていった方角にアルスが視線を向ければ、フニングニルが笑った。

「はっ、やっぱりあの銀髪が心配なんじゃねぇか」

「いや、心配する要素はないな」

ユリアは強い。

フニングニルが知っているかどうかは知らないが、【光】ほど理不尽を体現したギフトはないとアルスは思っている。

「あの程度の数じゃ、ユリアの速度に影響はないだろうな」

「そうかい。なら、こっちも始めるとしよう。〝廃棄番号Ｎｏ.Ⅲ〟――フニングニルだ。貴様を殺す者の名だから覚えておけ」

　これまでのアルスの態度が気に障ったのか、額に青筋を浮かばせて睨みつけながらフニングニルは宣言した。

「アルスだ」

　短く言い、そして、二振りの短剣を構えたアルスは笑みを浮かべる。

「あるいは、〝魔法の神髄（ミーミル）〟と名乗っておこうか」

　大地を蹴ったアルスはフニングニルに肉薄する。

「そして、お前の魔法を奪う者だ。覚えておくといい」

＊

「美人のねーちゃん、裸になって謝罪するなら許してやってもいいぜ」

　軽薄そうな見た目と同じような性格。ユリアのことを性的な対象としか見ていない。

「久しぶりですね。あなたのような屑（くず）を相手にするのは……」

「あぁん？　なんだ、慣れてんのか？」

　どういう解釈をしたら、そういう受け止め方をできるのか、〝廃棄番号Ｎｏ．Ⅵ（アンチテーゼナンバーシックス）〟の頭の中は愉快な構造をしているようだ。

「気持ち悪いですね。そもそも、私に触れていいのは世界に一人だけですよ」

ユリアは腰に差した長剣を引き抜く。

「ふーん、そうかい、その涼しげな顔を歪(ゆが)めるのが楽しみだぜ」

腰を落として構えた〝廃棄番号(アンチテーゼ)Ｎｏ.Ⅵ(ナンバーシックス)〟に対してユリアは首を傾(かし)げた。

「もしかして素手ですか？」

「そうだ。俺たち上級魔族は〝魔壁〟の扱いに長(た)けているからな。あんたら人間ごときじゃ魔力の壁を傷つけることもできねぇよ」

「……〝廃棄番号(アンチテーゼ)〟の一桁は強いと聞いていたのですが、所詮は噂(うわさ)程度でしかなかったのでしょうか、知能も低いようですし、彼だけが何かの手違いで今の地位についたとも考えられますが……」

別に口調が悪くても構わない。欲望に忠実なのも別に構わない。

相応の実力があるなら許されるからだ。

しかし、ユリアの目の前にいる魔族は確実に〝廃棄番号(アンチテーゼ)Ｎｏ.Ⅲ(ナンバースリー)〟と比べてもかなり格落ちする。

「はっ、たまんねぇな、その目、ますます気に入ったぜ」

勝手に興奮して、勝手に決めつける。不愉快な魔族を相手に、さすがのユリアも表情から感情が抜け落ちた。

そんな能面のように生気すら感じないユリアの表情を見ても、〝廃棄番号(アンチテーゼ)Ｎｏ.Ⅵ(ナンバーシックス)〟は特殊な性癖をしているようで興奮が増していくばかりだ。

「絶対に屈服させてやるぜ！」

「勝てると思っているのですか？」

「当然だろうが、あんたみたいな美人が相手だと俺は無限に強くなれるんだよ」

自信満々に認めたということは、〝廃棄番号Ｎｏ．Ⅵ〟は相応のギフトを持っているのだろう。

「興奮すればするほど強くなれるということですか？」

先ほどから観察している限りでは、〝廃棄番号Ｎｏ．Ⅵ〟の変化といったらそれぐらいしかない。

「その通りだ。あんたみたいな美人にとっちゃ相性が最悪ともいえるな」

「気持ち悪いギフトがあったものですね」

「そう言うな、俺にとっちゃ最高のギフト──【高揚】、興奮すればするほど俺の力は倍々に増していく。今の時点でこれほどの力があるぜ！」

拳を地面に打ち付けた瞬間に地面が大きく陥没した。

「どうだ。もっと興奮すれば更に俺の力は倍になって最終的には触れるだけで木っ端微塵になるぜ」

何が楽しいのか、愉快だと言わんばかりの笑顔で、ユリアに向かって腕を伸ばしてきた。

もしかして、恐怖から悲鳴をあげることを期待しているのかもしれないが、ユリアは彼のギフトを聞いても感情が揺らぐことはなかった。

「まさか、ここまで自身の力を過信しているとは……不用心にもほどがあるでしょう」

もはや、相手をするのも疲れたのか、全てを諦めたかのように、ユリアは愛想笑いのように微笑を浮かべるだけになった。

決して瞳は笑っていない。光を失っていた。

そして彼女が剣を一振りすれば、目にも見えぬ速さで刃が消える。

たった、それだけの動作で〝廃棄番号Ｎｏ．Ⅵ(アンチテーゼナンバーシックス)〟の腕は斬り飛ばされた。

「あっ？」

呆(ほう)けた顔で血飛沫(ちしぶき)をあげる自身の右肩を〝廃棄番号Ｎｏ．Ⅵ(アンチテーゼナンバーシックス)〟は見つめている。

腕が鈍い音を響かせて地上に落ちた時、彼は自身の身に起きた悲劇に気づいたのか、声にならない叫び声をあげた。

「あっ、なぁ!?」

無様な姿を晒(さら)す〝廃棄番号Ｎｏ．Ⅵ(アンチテーゼナンバーシックス)〟に失笑したユリアは次の攻撃に移ろうとした。

「さっきなんて言っていました。〝魔壁〟があるから斬られることはないんでしたっけ、名も知らぬ魔族さん、あなたの本気を見せてくださいな」

冷酷な微笑を浮かべながらユリアは、ゆったりとした動作で近づいていく。

「くそがぁ！」

〝廃棄番号Ｎｏ．Ⅵ〟は痛みや驚きよりも怒りが勝ったようだ。

「人間の女が俺に何をしやがった！　黙って嬲られていればいいんだよ！　てめぇら劣等種族は魔族に逆らうんじゃねぇ！」

「なるほど……言葉こそ汚いものですけど、ギフトの能力を考えたら合理的ですね」

怒りを言葉に、痛みすらも興奮の材料にしてギフトの力を引き出している。

馬鹿そうに見えたが相応の実力は有していたようだ。

ただ、数字に相応しい力を持っているかどうかは疑問を抱かざるを得ないが。

「嬲って、犯して、その身を切り刻んで喰ってやらぁ！」

聞くに堪えない罵詈雑言を吐き出しながらユリアに襲い掛かってくる。

そんな彼に対して、ユリアは笑顔を向けた。

「私のギフトを教えていませんでしたね」

欠伸がでるほど遅い〝廃棄番号Ｎｏ．Ⅵ〟の動きをユリアは眺める。

「【光】です。あなたが無限の力を得たとしても無意味なんです」

凄惨な処刑が始まる。

決して〝廃棄番号Ｎｏ．Ⅵ〟は弱くはない。

ギフト【高揚】は強力だ。使い方次第では無類の強さを誇ったことだろう。

軽薄な態度に裏付けされた実力を有していたのは間違いない。

ただ、誤算があったとするならば、ユリアの前では羽虫同然だっただけ。

全てを過去に置き去りにするギフトを相手に、あまりにも【高揚】は貧弱すぎた。

どれほどの力を得たとしても触れることができなければ意味がない。

そして、それが多少であれば彼にも希望は訪れたのだろうが、世界最速のギフト【光】を前にすれば指先一つすら掠(かす)ることはないだろう。

「なんだそりゃ……」

興奮も冷めたのか、ひどく狼狽(ろうばい)した様子で〝廃棄番号Ｎｏ・Ⅵ(アンチテーゼナンバーシックス)〟は立ち止まった。

怒りと興奮は消え去って、代わりに絶望と恐怖に支配されている。

「あなたの言葉を借りるなら、相性が悪かったということです」

縦横無尽に剣を振るう。

塵(ちり)になるまで斬り刻む、もはや、視界にすらいれておくのが苦痛だったのだ。

ユリアの斬撃を前に自慢の〝魔壁〟も紙同然、〝廃棄番号Ｎｏ・Ⅵ(アンチテーゼナンバーシックス)〟は何もできずに死んでいった。

魂さえも斬り刻む勢いで剣を振るったユリアが、鞘(さや)に剣をもどした時には、もはや〝廃棄番号Ｎｏ・Ⅵ(アンチテーゼナンバーシックス)〟のことなど一欠片(ひとかけら)も記憶に残っていなかった。

そして、ユリアはこちらの様子を窺(うかが)っていた中級魔族たちに視線を送る。

戦いがこんなに早く終わってしまうと思わなかったのだろう。

明らかに中級魔族たちは狼狽している。

そんな彼らにユリアは笑顔を向けた。

「頭が高いですよ。ひれ伏しなさいな。降伏するのであれば命は助けてあげます」

グリムのように魔族に恨みがあるわけでもない。特に犯罪を犯していないなら生かしておいても問題ないと思っている。

「それに、女王のことを調べるのに魔族が欲しいと言ってましたからね」

いつだったか、ヴェルグかシェルフのどちらかが言っていたはずだ。

もし、勘違いだったとしても、生かしておけば何かしらの使い道が生まれるだろう。

続々と頭を下げ始める中級魔族たちを見て、ユリアは満足そうに微笑んだ。

「あとは……アルスの心配をするだけ無駄なんでしょうけど、それでもやっぱり彼が怪我をするかと思うと身が竦むほど恐怖を感じてしまいますね」

先ほどまでの高圧的な態度は鳴りを潜めて、残されたのは純粋にアルスの身を心配する少女だけだった。

第五章　その先へ

かった。

「生意気な小僧だな」

〝廃棄番号Ｎｏ．Ⅲ〟フニングニルは黒衣の少年の態度を見てそれ以外の感想はでてこなかった。

確かに場慣れしているのか年齢の割には落ち着いた雰囲気を持っている。

しかし、どうも強いとは思えない。

魔力を測っても自分の二分の一か三分の一だ。

「その程度の実力で〝魔法の神髄〟を名乗るのかよ」

それは世界最強と目されている魔導師。〝廃棄番号〟でも知っている名だ。

恐らく世界の果てにある村で尋ねたとしても、〝魔法の神髄〟の名を出せば誰もが理解できるぐらいの存在である。

もはや、生ける伝説と言ってもいいだろう。

確かにアルスの態度だけで言えば世界最強に匹敵するかもしれないが、現時点ではそれほどの威圧感も存在感もフニングニルは感じ取れなかった。

それでも先ほど、強烈な打撃で自分を吹き飛ばしたのは、目の前にいる少年で間違いない。だが、その出来事でさえ幻だったのではないかと思うほど、アルスからは力を全く感じ取れなかった。

「……奇妙な小僧だ」

あまりにも落ち着きすぎている。

泰然自若を体現したかのような佇まいは、まるで幾星霜の修行を積み重ねた仙人のようにも思えた。

「まっ、考えたって仕方ねぇか」

まずは小手調べの攻撃、フニングニルは蹴りを仕掛ける。

だが、あっさりと避けられたことでフニングニルは驚いた。

けれども避け方が素人、そこに研鑽は感じられない。

やはり奇妙だと、何か重要なことを見落としているような気持ち悪さがあった。

どう考えても動きは素人同然、なのに捕らえることができない。

まるで化かされているような気持ちになってくる。

「……ギフトか？」

五感を狂わせるギフトというものが存在する。

それだったら今の状況も説明できるのだが、どうも違和感が拭えない。

「いや、オレのギフトは別に五感を狂わせるものじゃないな」

「だったら、なぜ、俺の攻撃が当たらないッ——がっ!?」

打撃を躱(かわ)されてから短剣で斬りつけられたフニングニルの胸元から血が噴き出した。

「……どういうことだ?」

〝廃棄番号Ｎｏ．Ⅲ(アンチテーゼナンバースリー)〟は戸惑っていた。

おかしい、何もかもがおかしい。

なぜ、自分が傷ついたのか理解できなかった。

〝魔壁〟によって確実に防いだはずであった。

アルスの魔力程度では貫けないほどの厚みがあったはずなのに、気づけば血が噴き出していた。こちらの攻撃は全てが無効化されて、あちらの攻撃は面白いぐらいに当たる。

「一体どうなってやがる!? 貴様のギフトは一体なんなんだ!?」

もはや、原因はギフトにしかない。

これが実力の差だとは思えない。

フニングニルは幾度もの修羅場を潜(くぐ)り抜け、多くの挑戦者を退けてきた。

その結果、〝廃棄番号(アンチテーゼ)〟としての矜持(きょうじ)を保ち、その力で〝Ⅲ〟の数字を維持してきた。

既にフニングニルは達人の域に達しており、素人の攻撃など当たるはずもない。

「【聴覚】——耳が良いだけのギフトだよ」

「あがっ!?」

聞いたことがないギフトの名を知った瞬間に、五臓六腑を突き抜ける衝撃に襲われた。

一体なんだと視線を傾ければ、自身の鳩尾に突き刺さる拳が見えた。

人間とは思えない力だ。

あまりにも理不尽な膂力を少年は持っていた。

本気なのか、遊んでいるのか、それさえも理解できない。

自分は何を相手にしているのか、〝廃棄番号Ｎｏ．Ⅲ〟は戸惑うばかりであった。

「一体なんだ。本当にお前は人間なのか？」

「人間だよ」

「……そうかい、なら改めるしかないな」

先ほど、少年は言っていた。

楽しそうに自分のことを〝魔法の神髄〟と名乗っていたのだ。

聞いたことはある。ただ見たことはない。

本当に実在するか疑わしい存在なのが〝魔法の神髄〟という伝説。

真か嘘か確かめようがない。

少年の言葉は真実なのか、しかし、疑えば規格外の強さの理由を失ってしまう。

「世界最強の魔導師か……はっ、とんだハズレを引いたかもしれねぇな」

少年の強さの底が知れない。

相手をすればするほど敵うはずがないと思ってしまう。不安が膨れ上がっていく。

けれども、対峙すれば少年の皆無に等しい魔力を感じ取ってしまい、自分の勘違いなのではないかと思考が混乱する。

ただ一つ言えるのは化物だと言うことだ。

目の前にいるのはただの少年でもなければ、世界最強の魔導師でもない。

人の皮を被ったナニか、だ。

「くそっ、〝廃棄番号Ｎｏ・Ｉ〟め。何が楽な仕事だってんだ」

悪態をついても時間が巻き戻ることはない。

貧乏くじを引かされた自分が馬鹿だったという話。

だから——、

「本気をだすっきゃねぇか……」


このまま相手をしていれば殺されてしまう。

「悪いな。舐めた態度で相手をしてたことを詫びさせてもらうぜ」

フニングニルから放たれた凄まじい魔力の奔流が、空を覆い尽くすように広がっていく。

その魔力はまるで暴風雨のように荒々しく、周囲の空気を切り裂いて、全てを支配するかのような圧倒的な力を放っていた。

空に広がる魔力の膨大さは、まるで嵐が迫っているかのように不気味な雰囲気を醸し出している。その魔力の流れはどこまでも続き、地平線の彼方(かなた)まで広がっているかのように感じられた。

「俺のギフトは【嵐】だ。今から世界は荒れるぜ」

フニングニルは朗々と詠唱を開始する。

「弾(はじ)け飛べ　血肉の万象　魔に堕(お)ちた獣　絶望と無望　罪過は繰り返す　虚無に消えろ」

フニングニルが力強く言葉を吐き出すたびに魔力が爆発した。

その存在感は、周囲の全てをその影響下に置き、まるで世界そのものが彼の支配下にあるかのような錯覚を生み出していた。

「天領(てんりょう)廓大(かくだい)——嵐影湖光(エンリル)」

＊

〝廃棄番号(アンチテーゼナンバー)Ｎｏ・Ⅲ(スリー)〟フニングニルは強い。

それがアルスの素直な感想だった。

こちらの攻撃を受けながらも、絶えず反撃を繰り出してくる。

集中力がないのか、弱気な発言を何度も吐き出していたが、飄々とした性格は隠すことはできず、どこか余裕が滲んでいた。

そもそも、フニングニルの円熟した動きと卓越した思考によって上手くアルスの攻撃は捌かれている。

何度も攻撃を当てたが、それでも彼に致命傷を負わせることはできなかった。

一撃目は、腕を斬り落とす勢いで短剣を振りかぶった。

二撃目は、心の臓を貫くつもりで凄まじい突きを放った。

三撃目は、跡形も残さないように全力の斬撃をぶつけたつもりだ。

けれども、フニングニルはどれほどの攻撃に晒されても健在だった。

彼の身体の頑丈さは、魔族たる彼らの本質を如実に示している。

〝魔壁〟があるとはいえ、フニングニルの耐久力はまさに驚異的だった。

これまでアルスの全力の攻撃を耐えた者は多くない。

いや、正確に言えば、まともに戦ってもらえない相手ばかりだったと言うべきだろう。

最初は誰もがアルスの姿を見て気を抜いてしまう。

無理もないのだ。

アルスの容姿は線が細く、如何にも身体を鍛えているようには見えず、幽閉されていた影響からか脆弱な雰囲気が前面に押し出されている。

だから、その外見に惑わされる者は多く、初対面の者たちはアルスを甘く見てしまう。

大胆不敵な態度は強がっているようにしか見えず、尊大な振る舞いには失笑する者ばかりで、まともに相手にすることもない。

故に表面上の情報からでは強さを見誤ってしまう。

これまでアルスが相手をしてきた者たちは己の油断から、アルスの真の実力を理解することなく対峙してきたのである。

だが、アルスを侮ってきた者たちに訪れる結末は彼らを打ちのめす。

アルスの身体は、脆弱そうな外見とは裏腹に、鋼鉄のように堅固であるからだ。

彼の技術、洞察力、そして鍛え上げられた肉体は、手加減なく敵の攻撃を阻む。

その瞬間に、相手はアルスの真の姿を知ることになるのだ。

そして、今回の〝廃棄番号Ｎｏ.Ⅲ〟フニングニルもまた例外ではなかった。

それでもフニングニルは過去の者とは一つだけ違う部分がある。

「……ようやく、オレ以外の使い手が現れたか」

呟くアルスの前で、現実と幻想が交錯し、その混沌が周囲を包み込んでいく。

どす黒い雲が天空を覆い尽くして、その暗闇からは遠雷が轟いていた。

その音はまるで亡者が叫ぶかのように、あるいは地獄の響きを放ちながら、地平線を震撼させている。

アルスは地獄絵図のような光景を前にしながら——意外にも瞳を輝かせて、自身を引き裂こうとする魔力の奔流に身を委ねていた。

そんな中、着々とアルスの周りでは、現実と夢幻が交じり合っていく。その混沌の中で彼は孤独に晒されながらも、自我を強く保ち力強く存在感を増していた。

「うん。間違いない」

かつてユリアを救い出す時に戦った帝国五剣のアルベルトとは違う。

あんな紛い物とは違う。

肌を刺すような殺意、臓腑を握り潰すような圧力、何よりも凄まじい存在感。

「ははっ、すごいな」

アルスは瞳を輝かせる。

世界を凄まじい勢いで変えていく唯一無二の魔法を見て童心に返った。

これこそが——、

——天領廓大。

魔導師の終着点と言われている魔法の極致。

これを覚えた者は例外なく歴史に名が刻まれる究極魔法。

ギフトの力を最大限に引き出して、自身の魔法によって世界を造り替える。

「いいぞ、あんたはどんな世界を創るのか魅せてくれ」

これがアルスでなければ死を覚悟したことだろう。

窮地とも言える状況を楽しむでもなく、ただただ絶望で身を苛(さいな)まれていたはずだ。

けれども、悪戯(いたずら)っぽく、心の底から笑うアルスからは、そんな悲壮感は一切感じられなかった。

「期待させてもらうよ」

もっと魅せてほしい。

自分の知らない魔法を、強靭(きょうじん)な魔族だからこそ使える魔法を。

「……ガキが、生半可な力を持つから恐怖が薄れるんだ。自分が絶体絶命なことにすら気づかないとはおめでたいことだな」

巨大な竜巻の中から現れたのはフニングニルだ。

その姿形は様変わりしていた。

筋骨隆々の肉体、優雅さと力強さを同時に表現するかのように、背中には強靭な翼が生えており、その羽毛は華麗に色鮮やかだ。紫の肌は鱗(うろこ)に覆われており、光を反射して輝いていた。額から伸びる二本の長い角、その眼は鋭利な刃物のように鋭く、口元には尖った牙があり、そこには愉悦の笑みが張り付いていた。

「天領廓大を使うとどうしても魔物だった時の姿と混じってしまうみたいでな。だが、喜べよ。俺がこの天領廓大を使うってことは、必ず相手を殺すってことだからな」

両腕を広げたフニングニルが嘲笑を含んだ声で見下してきた。

その理由は理解できる。

天領廓大という絶大な魔法を使用して負けるなんて誰も思わない。

種族、才能、肉体、全てにおいてフニングニルが有利だと思うのも無理はない。

しかし、それはアルスが普通であったならの話だ。

「本気で相手してくれるってことでいいのかな」

変貌する世界の中心に立つフニングニルを眺めながらアルスは思わず呟いてしまう。

これまでの相手は本気をだしてくれなかった。と、アルス本人は思っていた。

それは様々な行き違いと勘違いによって引き起こされている。

身体も細身で鍛えている節は見受けられず、戦い方は素人同然で、魔力は幽閉されていた頃の影響から無意識に隠してしまう。

故に、アルスの実力は戦ってみなければわからない。

そして、ようやく桁違いの強さを相手が理解できて本気をだしてきたとしても、アルス本人は過小評価された記憶があるので真面目に受け取らない。

だから、アルスは戦いが終わった後に手を抜かれていたと思い悔しがり、相手の強さを誤って高く評価してしまう傾向にあった。

「こんな状況なのに生意気な態度は変わらないか……そこまで鈍いと逆に感心するぜ」

怪訝(けげん)そうな表情をしていたフニングニルだったが、諦めたのか肩を落として嘆息した。

「まっ、小僧を相手に天領廓大を使うのは大人げないが、本気だと受け取ってくれていいぜ」

「そうか、なら、楽しませてもらうことにするよ」

相変わらず嬉(うれ)しそうなアルスを見て、フニングニルは呆気(あっけ)にとられてしまう。

けれども、その表情は徐々に怒りに塗(まみ)れていった。

「ふざけた野郎だ。俺のこの世界を見て、なんで絶望しやがらねぇんだ！」

想像していた反応と違うことに苛立(いらだ)ちを覚えているようだ。

しかし、言われた本人はきょとんとするしかない。

どこに絶望する要素があるのかわからなかったからだ。

これから知らない魔法を魅せてもらえるかもしれない。

自分の知らない知識を手に入れ、更なる高みへと至れるかもしれないのだ。

期待に胸を膨らませることはあっても、絶望に沈むことなどありえない話だった。

「よくわからないが……あんたには期待してるよ」

嬉しさから思わず笑みを零せば、フニングニルは挑発と受け取ったのか、額に青筋を浮かばせた。

「殺すッ！」

アルスの視界からフニングニルが怒号と共に消える。

「ぐっ!?」

次いでアルスの視界が激しく揺れた。

側頭部に受けた衝撃に耐えきれず、アルスは地面を何度も転がっていく。

ようやく視界が正常になった時、手をついて起き上がろうとしたアルスの鼓膜を怒声が揺さぶった。

「まだまだ、ここからだぞッ！」

声に反応して視線をあげれば鬼の形相をしたフニングニルが拳を振り下ろしてきた。

両腕を交差させてアルスは顔を守ろうとするが、両手は衝撃に弾き飛ばされて天に突き出される。

「ははっ、その程度で防げるわけねぇだろうが！」

フニングニルは哄笑しながらアルスの頬を拳で打ち抜き再び地面に追突させる。

更に腹に蹴りが放たれては、頭に踵が打ち下ろされた。

声をあげる暇もなく、ただただ一方的にアルスは攻撃を受け入れ続けていた。

「どうだ、天領廓大ってのは理不尽だと思わないか？」

どれほどの実力差があろうとも、どれほどの強者であろうとも、相手が天領廓大を使用できるのであれば一気に形勢は逆転してしまう。

理不尽なまでの魔法、それが天領廓大なのだ。

「さっきまでの威勢の良さはどうした！　さっきまでの余裕はどうしたんだ！」

アルスの態度がよっぽど気に食わなかったのだろう。ここぞとばかりにフニングニルは口撃まで加えてきた。

「まさか……死んだのか？」

呻き声すらあげずに、一方的に嬲られるアルスを見て、まさかの事態を予想したフニングニルは彼の襟首を掴むと地面に叩きつけてから離れた場所に放り投げた。

「…………つまんねぇ、幕引きだな」

身動ぎすらしないアルスを見て、フニングニルは落胆を隠そうともしない。

「大言壮語を吐いていたくせに、いざ、蓋を開けてみたら打撃だけで即死かよ」

挑発的な言動をするフニングニルだったが、次の瞬間には顔を歪ませた。

「あっ？」

アルスが起き上がったからだ。

何事もなかったかのように、アルスは服についた埃を払いながら立ち上がる。

それからフニングニルを見てから首を傾げた。

「……魔法を見せてほしかったんだけどな。別に打撃は必要ないんだ」

アルスが攻撃を甘んじて受けていたのは待っていただけだ。

フニングニルが魔法を使う瞬間を、天領廓大を行使しての絶大な魔法の威力を、ただその身をもって体験したかっただけなのだが、打撃ばかりだったのでアルスは不思議に思ってしまった。

「あぁ……先にオレが魔法を使わないからか……もしかして、待ってたのか?」

「何を言ってやがる。そもそも、なんでお前は無傷なんだ」

理解できない状況で、不可解な言動を繰り返すアルスを見て、困惑するフニングニル。

「なら、そうだな」

何やら一人で納得したアルスは指先をフニングニルに向けた。

「〝衝撃〟」

詠唱破棄で繰り出された魔法は、あっさりとフニングニルに衝突した。

フニングニルは決して油断をしていたわけではない。

けれども、必勝の攻撃、まさに約束された勝利にも拘わらず、アルスが平然と立ち上がったのだ。

呆(ほう)けてしまうのも無理はない。

だから、あまりにも理解できない状況で、警戒心を常に最大にしていろというのが無茶な話だったのだ。

吹き飛んだフニングニルだったが、すぐさま起き上がると、怒りよりも困惑が勝った表情をしていた。

「それじゃ、次は魔法を使って勝負をしよう」

全身から魔力を迸(ほとばし)らせたアルスは楽しげに口角を吊(つ)り上げる。

「〝衝撃(ウェグブラセン)〟」

「二度も同じ魔法をもらうわけがねぇだろう」

フニングニルは迫る魔法を感知して手を振り上げた。

「〝烈風(レトフーン)〟」

当然のように詠唱破棄された魔法は凄(すさ)まじい風を巻き起こした。

アルスの魔法は消し飛ばされてしまう。

二つの魔法が衝突することで、凄まじい衝撃波が大地を駆け抜けていった。

だが、二人とも視線を逸(そ)らさずに、次の一手を放つ。

「〝竜咆(ファーヴニル)〟」

「〝竜巻(トルネード)〟」

風で生み出された二匹の竜が衝突して消滅する。

再び相打ちしたことで、アルスは笑みを深めていく。

「……いいな。知らない魔法をどんどん引き出させてもらうぞ！」

対して顔を曇らせていくのはフニングニルだった。

「なんだそりゃ……」

思わずでた言葉が理解を拒んでいた。

世界は全てフニングニルの味方をしている。

天候の後押しを受けて魔法の威力は上昇、大地はアルスの足場を悪くして、空気もまた彼から酸素を奪って身体（からだ）に重圧をかけていた。

なのに、結果は魔法の相殺。

「〝霧迷（ネーベル）〟」

白煙が周囲を包み込んでアルスの視界を奪う。

だが、使用者であるフニングニルはアルスの位置が手に取るようにわかった。

確実に命を取るべく、足音を消してフニングニルはアルスの背後をとる。

「〝雷鳴（ライネメア）〟」

星を揺るがすほどの轟音（ごうおん）と共に雷撃が発射される。

アルスは背中にまともに受けて、そのまま勢いよく吹き飛んだ。

凄まじい一撃は確実に命を刈り取るものだった。

けれども――、

「マジかよ」

涼しげな表情で立ち上がるアルスを見て、フニングニルは激しい動揺を表情に滲ませた。

「やっぱり、思うように魔法の威力はでないか……この状況じゃ決め手に欠けるな」

諦めたように嘆息したアルスは、少しばかり悩んだ様子でフニングニルを見た。

互いに魔法を使っても相殺してしまう。

フニングニルの天領廓大の領域内にいる限り、アルスは最大限の力を発揮できない。

このまま戦い続けても一進一退で時間だけが無駄にすぎるだけだろう。

「わかりきっていたことだ。天領廓大には天領廓大でしか対抗できないってのはな」

アルスが言えば、フニングニルが怪訝そうに眉を顰めた。

「何を……まるで、貴様が天領廓大に至っているかのような口振りじゃねえか」

「そう言ってんだけどな」

後頭部を掻きながら困ったようにアルスは笑う。

「確かにお前は人間にしちゃあ強いな……だが、わかってんのか、天領廓大は才能だけじゃ到達できないんだ」

海で、山で、様々な悪環境に身を置いて、ギフトの理解を深めること幾星霜を積み重ねて、幾百、幾千、幾万の魔導師が人生を捧げてもギフトの覚醒には辿り着けなかった。才能、努力、運、その全てを悉く己が物として、更にギフトの深淵を覗き込み、極めた者だけが究極魔法に辿り着くことができる。

それが天領廓大だ。

生物として他を圧倒する魔族といえども、天領廓大を習得できる者は滅多にいない。だから全種族の中でも脆弱な人間となれば何百、何千、何万という人数を揃えてもギフトを極めることはできていない。

現にギフトを極めて天領廓大を習得できた者は、確認されているだけで三人しかいなかった。

「しかも、人間は一人だけと聞いていたんだが……そいつは魔王だと聞いているから、どう見ても貴様じゃないのは確かだよな」

フニングニルは胡散臭そうにアルスを見つめてくる。

だから、アルスは笑って応えた。

「見せたほうが早そうだな」

アルスが押さえていた魔力を全解放する。

瞬間——、

——世界が軋む音がした。

アルスの身体から溢れ始めた膨大な魔力が四方八方に拡散する。

左眼からは紅い光が漏れ始めていた。

「オレの世界を披露しよう」

両腕を広げて笑うアルスの、あまりの重圧にフニングニルは硬直する。

フニングニルは周囲を見渡した時に、自身の世界が侵食されているのに気づいた。

塗り潰されていく、凄まじい勢いで世界は造り替えられようとしている。

「まさか、本当に……天領廓大を使えるのか」

「ああ、見ておくといい」

溢れる魔力に身を委ねたアルスは大胆不敵な笑みを浮かべる。

一切の雑念を握り潰して全霊の集中。自身を抑圧していた殻を食い破る。

頭が冴えてくれれば、身体が軽くなり、五感は研ぎ澄まされていく。

意識が溶けて無色の世界へ浸透していく。

それでも己が存在は消えず。それでも己が精神は消えず。

その魂は絶大な光明となって天へ飛翔する。

「これがオレの天領廓大だ」

アルスの左眼——朱き瞳が、強く、眩しく、凄まじい輝光を発する。

少年は唯一無二の魔法陣を羽撃かせた。

「Imperial demesne expansion——」

（天領廓大——）

「——Awaken Woden——」

（——〝天主帝釈〟——）

結膜に滲む色が混じり合い、角膜が極彩色に煌く。

変貌する左耳のピアス——逆十字が気炎万丈の覇気にあてられて燦爛と輝いた。

アルスを中心に虹の柱が天を駆け抜ける。

灰色の空が割れ、雲は散り、膨張した魔力が龍となって天を喰らう。

世界が造り替えられていく。自然が奏で、空が歌い、風が吹き、大地が口遊む。

古き世界は打ち壊されて、新たな世界が生まれ落ちる。

それは天地開闢——アルスのアルスによるアルスのためだけの世界が顕現した。

「天領廓大を……詠唱破棄だと……ふざけてるのか？」

フニングニルは目を見開くも、直ちに憤怒の表情を浮かべ、アルスを睨みつける。

「天領廓大はギフトを授けた神の領域をこの世界に顕現する奇跡だ。それを詠唱破棄するとは……本当だったら素直に称賛の言葉を贈りたいが、本当に可能だとは思えないな。しかも神々から授けられた祝詞を破棄して天領廓大を行使するなど冒瀆に近い」

意外な言葉が耳に届いてアルスは目を丸くしたが、すぐに納得したように頷いた。

「……考えてみれば、魔族は影響を受けやすいのか」

魔族と聞けば、荒々しく、野蛮な存在だと誰もが想像するものだ。

しかし、彼らは魔物から進化し、知性を得、理性を身に付けた。

それでもなお、獣の本能は彼らの内に息づいているようで、感受性は他の種族よりも深く強い傾向にある。だから、魔物から魔族になってからの状況や環境によって心が大きく変化することがあった。

「オレも他人のことを言えないしな」

かつて幽閉されていた頃のアルスは狭い世界が全てだった。

常識も知らず、世間の知識もなく、真っ白な状態で外に出てからは、ユリアたちから影響を強く受けている。

そんな自身のことを振り返れば、フニングニルもまた魔物から進化したことで、誰かしらの影響を受けているのは当然のことだろう。

　そのため、魔族であっても神々を信仰しているのは不思議ではなく、フニングニルのように魔族もまた自らの内に宿る本能や環境の影響を受けて、信仰の道を歩んだりするのかもしれない。

「そもそも、神々が残した瘴気の影響で魔族は生まれたから敬う奴がいるのも当然なのかもな――と、ああ、すまない。そういえば詠唱破棄についてだったたな」

　アルスは話の脱線に気づき、特に反省した様子もなく謝罪を口にする。

「まず最初に感じたのは違和感だった。誰もが天領廓大を魔導師としての終着点だと言うのに疑問を感じたんだ」

　ギフトを極めた魔導師は授けた神の支配領域に招かれる。

　そこで神と対話をすることで天領廓大を授かることができるのだ。

「疑問だと？　そんなもの感じる必要はないだろ。貴様のギフトがどんな神から授けられたのか知らないが、天領廓大は生涯を賭しても習得できるか定かではない究極魔法だ。百歩譲ってそれが疑問だとしても、詠唱破棄にどう繋がるってんだ？」

「なあ、なんで神は千年前を境にいなくなったと思う？」

　アルスから要領を得ない言葉が返ってきた。

　しかし、フニングニルは苛立ちを噛み潰して彼の質問に答える。

「……魔帝との戦いの影響だと聞いている。中央大陸の半分以上が〝失われた〟んだ。これ以上は世界を壊してしまう危険があるからという判断で姿を消したはずだ」

千年前の魔帝との戦いが終わった後、神々は唐突に姿を消してしまった。

フニングニルの説も理由の一つで、他にも魔帝との戦いの傷を癒やしているだとか、神々は人類に後を託したのだとも、あるいは今も何処かで見守ってくれているなど、様々な説が提唱されているが、千年経った今も本当の理由は明らかになっていない。

「それだよ。〝失われた大地〟が誕生した理由、魔帝と神々の戦い。いつも神々の視点からだが、別視点――語られることのない魔帝の視点から考えれば、人間でありながら複数の神を追い詰めたという事実が見えてくるんだ」

魔帝の種族は人間だったと言われているが定かではない。

元々は聖法教会の聖帝として人類を導く役目を負っていたそうだが、いつしか神々に対して反目するようになり、三分の一の魔導師を率いて魔法協会を設立、魔帝となった彼は神々との戦いに身を投じることになる。

そんな魔帝視点で物事を改めて見つめ直してみれば、三分の一という魔導師が味方にこそなっているが、それでも人数からして劣勢なのは変わりない。

つまり、魔帝には神々との戦いに勝算があったはずなのだ。

残念ながら勝利を摑むことはできなかったようだが、それでも神々が表舞台から姿を消さざるを得ないほどの打撃は与えたのだろうとアルスは推測していた。

アルスの言いたいことが理解できたのか、フニングニルの表情が明らかに変わった。

「わかるか？　神々が一致団結しなければ勝てないと思わせるほどの強さを魔帝は持っていたんだ。神々に造られた脆弱な生物が創造主を打ち負かす……どうすればそんな奇跡を起こせるのかオレは考えた」

「それが詠唱破棄だっていうのか？」

「ああ、入口に立ったと思っている。神から与えられたギフトだけでは最強には至らない。だから、終着点は天領廓大にあらず、まだその先には魔帝が手に入れた未知なる力が存在するはずだ」

幽閉されていた頃に、様々な情報を手に入れて辿りついた結論だ。

かつて魔帝が神々と対等に渡り合った凄まじい力——そこに至る道は違ったとしても、アルスは自分自身の考えがさほど間違ってはいないと思っていた。

「そのための詠唱破棄だ。それが神を超える入口なのだとオレは思っている」

魔帝という人物が何を成したかったのかは知らない。

けれども、彼が残した力の残滓は中央大陸の北方——〝失われた大地〟に瘴気として残されている。

そんな千年経っても破滅的な影響を残すほどの力、たかだか人間風情が、たった一人の魔導師が神々を相手に成し遂げたという事実はアルスの心を強く揺さぶった。

「その先を……知ったところで、どうするつもりだ？」

「オレの知らない魔法があるのなら手に入れたいだけさ」

他人が聞いたらちっぽけな夢だと、子供のような夢だと嘲笑うかもしれない。

けれども、魔法という神秘に触れた者たちが聞けば、一欠片でも魔導という神髄に憧れた者ならば、アルスの言葉はひどく傲慢に聞こえたことだろう。

ギフトという制限があるにも拘わらず、アルスは全ての魔法を手に入れると宣言しているのだ。

まさに夢物語。けれども、アルスを知る者ならば笑うことはないだろう。

むしろ、嫉妬に狂うに違いない。あまりにも眩しい夢を現実に変える力を目の前の少年は持っているのだから。

「最終的には世界でも手に入れるつもりか？」

「いや、そんなの全く興味はないな。全ての魔法を知り尽くしたなら、あとは新しい魔法を作り出すだけだろ」

あっさりアルスが否定してみせたことで、驚いたようにフニングニルは目を見開く。

別にアルスは世界征服をしたいなんて大それたことを考えているわけじゃない。

未知なる知識を手に入れるために必要なら考えてもみるが、先日〝白狼〟に勧められたギルドの設立など、平和的な手段で解決できるならそれに越したことはない。

魔法協会の頂点である魔帝を目指すのもその一貫であり、〝魔法の神髄（ミーミル）〟を倒すのを目標としているのも手段の一つで、それら二つの地位を手に入れれば、自他共に誰もアルスの実力を疑うこともなくなるだろう。

そうすれば世界中から様々な情報が手に入るだろうし、良くも悪くも人が集まってきて珍しい魔法にお目にかかれるようになるはずだ。

自分の知らない魔法の存在が我慢できない。

アルスは、その一点だけが許容できないのである。

「あとは……そうだな。ついでに魔帝が見た夢の先を知りたいな。神々を倒した先に何を求めていたのかってな」

「そうかい……自身の力を誇示するわけでもなく、ただ自身の欲を満たす為（ため）だけにとは、おそれいったぜ、大した野心だ。俺には到底理解できない世界だけどな」

問いかけたことを後悔するように、あるいは、自身が忘れてしまった物を思い出したかのように、フニングニルの表情は苦悩と葛藤で複雑に歪（ゆが）んでいた。

やがて、フニングニルは何かを悟ったかのように空を見上げる。

アルスが創りだした幻想世界とフニングニルの幻想世界が一つの壁に分かたれたかのように向かい合って拮抗（きっこう）していた。

フニングニルが視線を落として改めてアルスを見やれば、彼は複雑に絡み合う世界を嬉々（きき）として眺めていた。

「なあ、そろそろ決着をつけよう。どちらの世界が強いのか、比べようじゃないか」

アルスは太々（ふてぶて）しく笑う。

もはや語り合う話題も尽きた。これ以上の問答は必要ない。

「長々とオレの話を聞いてくれて感謝するよ。でも、退屈だっただろう？　魔族は戦うことに楽しみを見出（みいだ）すって聞いてるから、悪かったな」

「いや、異質な人間に出会えたことは喜ばしいことだ」

意外にもフニングニルは怒ることはなかった。

そして彼が視線を向けたのは〝廃棄番号（アンチテーゼ）No・V（ナンバーファイヴ）〟だ。

巻き込まれたのか、迷い込んだのか、それとも、誘われたのか、〝廃棄番号（アンチテーゼ）No・V（ナンバーファイヴ）〟は近くで二人の戦いを見守っていた。

しかし、アルスとフニングニルの二人が創りだした幻想世界にいるのは、なにも〝廃棄番号（アンチテーゼ）No・V（ナンバーファイヴ）〟だけではない。その魔族から少し離れた場所で横に寝かされているグリムと、怪我（けが）の治療をしているキリシャの姿もあった。

治療を受けながらグリムは成り行きを見守るようにアルスたちを見ており、〝廃棄番号（アンチテーゼ）No・V（ナンバーファイヴ）〟は能面のように感情を消して、ただただアルスだけに視線を注いでいた。

奇妙な視線をアルスも感じ取ってはいるようだが、それ以上に今は戦うべき相手がいるため、すぐに〝廃棄番号Ｎｏ．Ⅴ〟の存在は脳裏の片隅に追いやられた。

「じゃあ、お互いに楽しもう」

先手はアルスだった。

大地を蹴り出したアルスは凄まじい速度でフニングニルへと迫った。

「ちぃ――がッ!?」

驚愕に歪む魔族の顎を拳で打ち抜いた後、アルスは更に蹴りを放つも、それはフニングニルの両手に阻まれた。

反撃に回し蹴りが返ってきたが、アルスは鼻先で躱してからフニングニルの反応速度を上回って足を摑むと全力で地面に叩きつける。

「……ちっ」

大した痛みもないのか、すぐさまフニングニルは起き上がると口端から垂れる血を拭いながら舌打ちをする。

「どういうつもりだ。魔法を使ってくると思ったら打撃戦だと？」

「準備運動だよ」

天領廓大の力は使用者の力量に左右される。

魔力が多ければ幻想世界を長時間維持することができ、身体能力の上昇など様々な恩恵を享受できる。

だが、使用者が天領廓大を会得した直後であったり、鍛錬を怠ったりした場合など、いくら究極魔法といえども、その威力は明らかに落ちてしまう。

だから、過去に天領廓大を習得した者が己の力を過信して努力を怠った結果、長時間の維持ができずに敗北するという記録も存在した。

フニングニルもその一人である可能性もあったので、アルスは準備運動を含めて打撃戦を仕掛けて試したのである。

「貴様は……俺を苛立たせる天才だな」

明らかに見下しているからこその言動、フニングニルは軽んじられていると受け取ったようだ。しかし、アルスはそういうつもりは一切なかった。

「誤解だよ。オレはようやく対等の相手と戦えることに喜びを感じているんだ」

これまで全てが格上の相手ばかりで、手を抜かれて戦われていたことをアルスは感じ取っていた。

相手はなぜか最終的に勝ちを譲ってくるが、どれもアルス自身が勝利を摑んだとは言い難い。少なくともアルス本人の中では唯一の勝ち星は帝国五剣のアルベルトを相手にした時だけである。

そんな会話の噛み合わない相手に、フニングニルの昂ぶらせた声がひっくり返った。

「はあ？　何言ってやがんだ。舐めるのも大概にしろよ！」

怒りのあまり感情の抑制が効かなくなっているのか声音の抑揚が狂っていた。

「〝嵐雷〟」

怒りに支配されていても、魔力が暴走しない辺り、さすが上級魔族だ。

間髪を容れず、天から降り落ちてきた雷を身に纏ったフニングニルの姿が消える。

雷光が走り、稲妻が空を切り裂き、暴風雨が襲来し、強風が吹き荒れた。

そして、雷が過ぎ去った後に残されたのは地面が焦げた臭いと視界を覆い尽くすほどの白煙だ。

そんな眼前の状況に惑わされることもなく、アルスもまた謳うように口遊む。

「〝音速〟」

アルスもまた追いかけるように姿を消す。

音と雷が交錯する。

激しい打撃音が空気を荒々しく乱していった。

幾度もの衝突と衝撃波が世界を轟かせた後、最初に姿を現したのはアルスだった。

アルスは地面に叩きつけられて、勝者の笑みを浮かべながら現れたのはフニングニルである。

「音が雷より速いわけねえだろうがッ！」

フニングニルが吼える。

先ほどアルスに対して気後れしたことが影響しているのかもしれない。

その表情は自信が薄らと戻ってきているように喜悦が滲んでいた。

「〝落雷〟」

魔法名と同時に轟いた雷鳴が空を駆け巡る。

その轟音は、静寂を打ち破り、空間を震わせて大地を揺らす。

雷光の到来。

幾筋の光が空を貫いて落ちてきた。

その標的は唯一人――黒衣の少年アルスに絞られていた。

縦横無尽に駆け巡る雷、恐怖を煽るように凄まじい光量が明滅する。

反応を示す暇もなく、アルスは一瞬にして苛烈な光の中に消えていった。

次いで爆発音と共に地面が爆ぜて大量の土砂が天を舞い、土煙が伸び上がって空を覆い尽くした。

「はっ、生意気な態度に惑わされたが、天領廓大を使っても大して強くなかったか……」

フニングニルは優勢だと感じ取ったのか、自信に満ちた表情で両腕を広げて主張する。

「何が〝魔法の神髄〟だ。貴様のような弱者が――人間如きが世界最強になれるわけないだろう。たとえ天領廓大が使えようとも、その結果がこれなんだからな」

必死に吼える姿は虚勢のようにも思えてしまうが、天領廓大を行使したことで、その見た目に比例して魔物としての本能が戻ってきているのか、フニングニルは極度の興奮状態にあるようだった。だが、そんな彼の頭は一瞬にして冷えることになる。

砂煙が去った時、アルスが平然と立ち上がっていたからだ。

「そうだな……あんたの言う通り人間は世界最強になれないかもしれない」

顔の左半分を覆う仮面から漏れる光が先ほどよりも強く輝いている。

魔力も桁違いに跳ね上がって、アルスの周囲の空間を歪めるほど濃度が高い。

「けど、魔族が頂点に立てると考えているなら、それもまた間違いであると言わせてもらおう。人間に限らず生物は成長するものだ。それさえも忘れてるなら、あんたに負ける要素は一つもないな」

「なんだ、そりゃ」

呆然(ぼうぜん)とするフニングニルの耳にアルスの言葉は一切入ってこなかった。

湯気のように濃密な魔力がアルスから放たれて空間を揺らしていたからだ。

フニングニルはアルスの魔力は自身と同等なのだと思っていた。

少なくともさっきまでは対等か、フニングニル以下の魔力量だったはずなのだ。

それが今はどうだろうか、フニングニルでも測れないほどの膨大な魔力がアルスから溢(あふ)れ出している。

更に天領廓大も均衡して――と、違和感に気づいたフニングニルを頭上を仰いだ。

「まさか!?」

曇天の空模様は虹色の空へと移り変わっていた。足下に視線を落とせば、荒れ地には芝が生え揃っており、草花が気持ちよさそうに風に揺れている。先ほどまでの荒れ果てた大地は消失して、見事なまでの草原が地平線の果てまで続いていた。

「おいおい……まさか、俺の幻想世界を……可能なのか？」

夢でも見ているかのように、呆然と空を仰いだままフニングニルは呟く。

しかし、どんなに現実が受け入れられないとしても、フニングニルの頭は天領廓大によって通常時よりも何十倍にも思考能力が冴え渡っているおかげで、今の状況の答えは既に手に入れて理解していた。

故に説明するのは簡単だ。

単純明快、アルスの幻想世界がフニングニルの世界を塗り潰したということである。

フニングニルが気づかぬほど圧倒的な速度で、アルスは膨大な魔力を持ってフニングニルの幻想世界を喰い尽くして支配下に置いたのだ。

それでも前例はない。お互いが天領廓大を行使して、片方の幻想世界が完全に飲み込まれるなど、少なくともフニングニルの知識にはない現象であった。

「それに……俺の〝落雷〟はどうやってやり過ごした？」

逃げられるような隙間や時間だってなかった。

なにより、天領廓大——自身の支配領域内で行使された魔法の威力は絶大で、生身で耐えられるほどの攻撃ではなかったはずなのだ。

「簡単だよ。同じ魔法を使って相殺した」

アルスはあっさりと種明かしをすれば、フニングニルは。

「は？　同じ魔法だと？」

「ああ、そういえばオレの〝天主帝釈（オーディン）〟の能力を教えてなかったな」

虹色の空を背景にして、些細（ささい）なことのようにアルスは告げる。

「あらゆる魔法を紐解（ひもと）き、あらゆる魔法の行使を可能とする幻想世界を創造するんだ」

「……そんな、ふざけたギフトが存在するわけ——ッ！」

アルスの言葉を否定しようとしたフニングニルだったが、突然、懐疑的な表情を一変させて大きく舌打ちをした。

「そういうことか！　だから、俺はここにいるのか⁉」

フニングニルは憤り、怒り、憎悪を込めて爪先で地面を蹴り続ける。

何度も、何度も繰り返してから、最後に大きく息を吐いてから肩を落とした。

「間抜けなもんだな。まさか、俺だったとはな」

奇妙なことを口走ったかと思えば、フニングニルは近くで見守っている〝廃棄番号No・（アンチテーゼナンバー1）

〝V〟に視線を送っていた。

「俺に〝V〟の野郎をつけた理由も理解できた。たくっ、本当に貧乏くじだったか……まあ、今更、文句を言ったところで、しゃあーねぇわな」

後頭部を何度か掻き毟ったフニングニルは、苦々しい表情から一転、達観と覚悟が入り交じった顔をアルスに向けてくる。

「情けない話だが、俺には自分でも知らない役割が与えられていたようだ」

誰に――そんな質問をしても答えは返ってこないだろう。

そもそも、腰を深く落として構えるフニングニルは対話など受け付けない雰囲気を漂わせていた。

「これから全力で攻撃する。貴様も全力でかかってこい」

フニングニルは獣のように、野生を隠すこともなく、本能のままに大地を蹴りつける。

一歩踏み出す度に、驚異的な加速が加えられて、大気が激しく鳴動していく。

「〝嵐雷撃〟」

フニングニルから迸る一筋の雷がアルスに向かう。

「〝嵐雷撃〟」

アルスは冷静に盗み出して、淡々と魔法名を呟けば一瞬にしてフニングニルの攻撃を相殺した。しかし、魔法が相殺されたからと言ってフニングニルは止まらない。

「〝嵐雹(トゥルム)〟」

嵐雹の魔法が発動すると、空が一瞬にして灰色に染まり、静かな空気が緊張感に包まれる。まるで自然がその力を溜(た)め込んでいるかのように、雲が急速に厚くなり、荒々しい風が吹き始めた。そして、突如として雹が降り始めると、最初は小さな氷の粒が舞い始め、次第に大きさを増していく。

やがて氷の塊が地面に激しく打ちつけられ、あたかも大地がその苦痛を嘆き叫ぶかのような音が轟き始めた。

フニングニルが大地を蹴って跳躍すると同時に巨大な雹が宙に形成される。

空は白く濁り、風は氷の刃となって肌に冷たく吹きつけていく。

やがて、巨大な雹はアルス目掛けて落ちてきた。

「〝竜巻(トルネード)〟」

アルスはフニングニルが使用していた魔法の一つを唱える。

突如として、気圧が重くなって地上を覆い、荒れ狂う風が轟音と共に空へ打ち上げられた。不気味な雰囲気と共に現れたのは、塵埃(じんあい)と土砂を巻き上げた巨大な渦巻きである。

竜巻は降り注ぐ雹を巻き取り、弾(はじ)いては吹き飛ばしていった。

「……まさか、一度でも魔法を確認すれば覚えるというのか？」

フニングニルが呆然と呟く。アルスが単独でギフト【嵐】の魔法を使ったことを怪訝(けげん)に思ったようだ。

「そうだ。オレは耳が良いからな。大抵は一度聴いたら覚えてしまう」

先ほどアルスが言ったように、〝天主帝釈(オーディン)〟の〝天領廓大(てんりようかくだい)〟が創った幻想世界は、あらゆる魔法を紐解き、あらゆる知識を暴いてしまう。

それは世界中の魔導師——天上の神々すら例外ではなく、世界の理(ことわり)である法則すらも無視して、これまで【聴覚】が聞き覚えた魔法を行使できるようにするのだ。

「……やってらんねぇな。そこまで理不尽なギフトが存在するとはな」

フニングニルは呆(あき)れたように呟くと立ち止まった。

「どうした？　まだ他にも魔法を聴かせてくれ」

アルスが催促すれば、フニングニルは苦笑する。

「いや、このままじゃジリ貧だからな」

フニングニルが頭上を仰げば、視界に広がるのはアルスの天領廓大が創り出した虹色の空だけで、フニングニルの天領廓大の影響は確実に消失していた。

完全に塗り潰されたとなったら、天領廓大の力が消失するのも時間の問題となる。

「へぇ〜、やっぱり、支配領域が相手に奪われたら天領廓大の効力を失うのか」

アルスは話に訊(き)いたことがあっただけで、実際に体験するのは初めてだった。

だから、貴重な意見が聞けたとばかりに瞳を輝かせるが、フニングニルの姿を見てすぐさま表情を改める。

先ほどの台詞（せりふ）から勝つことを諦めたのかと思ったが、フニングニルの瞳からは些（いささ）かも闘志は消えていない。その身体（からだ）から立ち上る戦闘意欲も未（いま）だ強大であった。

「ああ、だから、まだ天領廓大が維持できている間に決着をつけようと思ってな」

言葉の端々から自信が伝わってくる。やはり、フニングニルは戦いを放棄するつもりはなく、自身が負けるとは微塵（みじん）も思っていないようだ。

「だから、生意気な小僧（ガキ）。貴様に敗北を教えてやろう」

「ああ、頼むよ。お前には期待している」

威圧的な態度なフニングニルに対して、アルスもまた大胆不敵な笑みをもって応えた。

「オレが知らない――」

堪（こら）えきれないとばかりに、少年は獰猛（どうもう）に口角を吊（つ）り上げる。

――魔法を聴かせてくれ。

「なら、耐えてみせろよ、〝魔法の神髄（ミーミル）〟ならな！」

フニングニルから烈火の如く魔力が弾け飛んだ。

「千雷の嵐 張り裂ける雲の躯(からだ) 割り避ける天の眸(ひとみ)」

口から詠唱が飛び出す度に、上級魔族に相応(ふさわ)しい濃密で大気を汚染するほどの強大な魔力が周囲に放たれる。

「火を放つ嵐 水を放つ雹 雷を放つ風 我が身体に集約せよ 雲よ我が手に集え」

風が、雷が、雲が、雹が、その全てが重なり嵐となってフニングニルの身体を覆い尽くした。

「引き裂き砕けろ――〝嵐帝(アエギル)〟」

弾丸の如(ごと)く一直線に嵐の塊がアルスに向かって奔(はし)りだした。

地面を抉(えぐ)りながら迫り来る嵐の塊を見たアルスもまた詠唱を開始する。

「堕(お)ちろ 暗黒の時空を貫きし者よ、真実を熱して溶かす者よ」

かつて、聞いたことがあった詠唱を口遊(くちずさ)む。

「地獄なる閃光(せんこう)、闇を焼き払う熱 光を打ち砕く魂」

幽閉されていた頃、遠く離れた場所で起きた事件の末に聞いた詠唱だ。

たった一度だけの戦闘だったが、その時の魔法は耳の奥に焼き付いている。

名も知らぬ魔導師は血統ギフト〝雷〟の所有者だった。

「我が歓喜の杯に捧(ささ)げよ――〝雷帝(トール)〟」

アルスの背後に無数の魔法陣が浮かび上がると同時、勢いよく雷撃が砲丸のように解き放たれた。

刹那——嵐と雷は衝突する。

目が眩むほどの光、どこか荘厳な光芒が世界を覆い尽くした。

次いで雷轟によって凄まじい衝撃波が生み出されて周囲一帯の土砂が捲られる。

見事なまでに緑が一面に広がっていた草原は一瞬にして炎と瓦礫によって埋め尽くされた。

地獄絵図のような光景とは裏腹に、穏やかな風が吹いて、虹の世界が戻ってくる。

しかし、破壊され尽くした大地の形状だけは元には戻らなかった。

アルスはある場所に視線を向ける。

「……どうする続けるか？」

フニングニルが頭の半分を失った状態で立っていた。

強靭な生命力のせいで即死は免れたのだろうが、悲鳴をあげてもおかしくないほどの凄まじい激痛に襲われているはずだ。

アルスは短剣を持って近づいていく。

「終わらせようか」

「……ああ」

アルスの言葉を聞いたフニングニルは膝から崩れ落ちるように地面へ座り込んだ。

「それにしても……最後の最後で【雷】か……ついてねぇな」

「知っているのか？」

実は、ギフト【雷】を所有する人物こそが〝魔法の神髄〟だとアルスは思っていたが、同じギフトを持つ者と出会ったことによって考えを改めることになった。

その人物とは、アルスが屠った帝国五剣の一人アルベルトである。

〝雷〟は血統ギフトだとアルベルトは言っていた。

なら、アルスが魔法〝雷帝〟を盗み聞きした相手がアルベルトの縁者であったなら帝国の魔導師の可能性が高く、世間を賑わせている〝魔法の神髄〟とは違うという結論に至ったのだ。

「……一度だけ、戦いを見たことがある。バカみてえに強い奴だったな」

痛みなのか、嬉しさなのか、口角を吊り上げたフニングニルは掠れた声をだす。

「帝国五剣〝第一席〟、天領廓大を行使できると確認されている三人の内の一人だ」

「そうか……」

ユリアを捕らえた人物だと言われたら、妙に納得できるものがある。

天領廓大でもなければ、あのユリアを捕らえることは困難を極めたことだろう。

しかし、残念なことにアルスが〝第一席〟と戦うことはなさそうだ。

おそらくだが、ユリアは自身の手で決着をつけたいだろうから、アルスにできるのは見守ることぐらいだろう。

「まあ……諦めるしかなさそうだな」

少しばかり興味があったが、戦えないとわかるとアルスは一気に興味をなくした。

だから、先ほどから気になっていたことを問いかけることにする。

「どうして最後の最後でアレを庇（かば）ったんだ？」

アルスが親指で差したのは〝廃棄番号（アンチテーゼナンバー）No.Ⅴ（ファイヴ）〟だ。

ずっと見ているだけでフニングニルを援護することはなかった。

そして、最後の〝嵐帝〟と〝雷帝〟の衝突時、逃げることもなく余波を受けるはずだったのだが、なぜか、フニングニルが庇うように立ち塞がったのである。

なぜ、わざわざ〝廃棄番号（アンチテーゼナンバー）No.Ⅲ（スリー）〟であるフニングニルが下位の存在である〝廃棄番号（アンチテーゼナンバー）No.Ⅴ（ファイヴ）〟を庇ったのか、それがアルスには不思議で仕方がなかった。

「あれを庇わなかったら、頭の半分を失うことはなかっただろ」

「……悪いことは言わない。〝Ⅴ〟は見逃しておけ、今後のことを考えればな」

「オレに得はあるのか？　あとで後悔するならここで始末しておきたいんだがな」

あとで巡り巡って自分に返ってきて自業自得で済むなら構わない。

けれども、自分が敵を見逃すことによって、他の者を巻き込むのだけはアルスは避けたいのだ。

「心配することはない。〝V〟の戦闘力は高くないんだ。魔法都市でいえば第四位階程度であれば倒せるほどの強さしかない。それに自分の意思は希薄だ。わざわざ殺す価値もない」

「助けたいのは……仲間意識からだと思ったんだが違うのか？」

「ははっ……あるわけがねぇ。俺たち〝廃棄番号〟は生まれた瞬間から天涯孤独だ」

どこか悲しげに、けれども、どうしようもないと達観した表情でフニングニルは呟き続ける。

「仲間なんてもんはいねぇのよ。最初からいるのは敵だ。刃向かうことのできない絶対的な支配者に従う未来しか存在しない」

魔族は元々が〝魔物〟であり、〝失われた大地〟の〝瘴気〟を浴びることでごく稀に〝魔族〟へ進化に至る。当然ながら親はおらず、友人だって存在しない。生まれながらにして天涯孤独が定められた種族が魔族だ。

〝魔都ヘルヘイム〟が誕生してから〝魔族〟は保護されるようになり、子供も生まれ始めていると聞いているが誘拐などを恐れて、女王が特別区画を作って集団で育てていた。

「それに新しい魔法を識りたいのなら余計なことは考えずにVは見逃せ。そのほうが後々幸せが訪れると思うぜ」

「……魔法のためにか」

「まっ、俺は忠告はしておいたからな。あとは生かすも殺すも貴様次第だ。後悔のない選択をするといい」

アルスがトドメを刺すまでもなく、フニングニルの身体は崩壊を始めていた。

「あ〜あ……本当についてねぇな」

眩しそうに虹色に染まる天を仰ぎながらフニングニルは嘆息する。

「最後に一つだけ情報をやるよ。このままやられっぱなしってのもつまんねぇしな」

崩壊していく身体を気にも留めずに、フニングニルは楽しげに笑みを浮かべる。

「貴様を満足させる存在がいる。近々現れるだろう。十分に注意しておくといい」

「……誰だ？」

「〝廃棄番号No.Ⅰ〟だ。今回の黒幕ってやつさ。まったく、あの野郎にいいようにやられちまった」

「そんな重要な情報をオレに教えても良かったのか？」

「別に構いやしねぇよ。どうせ、死ぬなら最後ぐらいはあいつに一矢報いておきたいじゃねぇか。散々利用してくれたんだからな」

「そうか……とりあえず、感謝はしておくよ」

別に情報提供がなくてもアルスは困らなかっただろう。

向こうから来てくれる分には歓迎するべき事柄だったからだ。

わざわざ、自分から探してまで戦いたいというわけでもない。

そもそも、〝廃棄番号Ｎｏ．Ⅰ〟を倒したいと強く願っているのはグリムだ。

彼が弱音を吐くようなら代わってもいいが、そんな未来は来ないだろうから、アルスとしたら自分が戦う相手ではないと思っていた。

「もし会うことがあったら伝えておいてくれ」

身体を失い首だけになったフニングニルは最後に歯を剝いて嗤う。

「神々の下で共に裁かれるのを待っているってな」

その台詞を最後に〝廃棄番号Ｎｏ．Ⅲ〟は完全な灰となって風と共に消えていった。

塵となったフニングニルを見送るように、アルスが見上げれば虹色に染まった天は、いつもの青々とした空に移り変わろうとしていた。

「お互いに天領廓大を使えばどうなるのかも試すことができた。魔法もいくつか覚えることができた。本当に感謝しているよ」

試したかったことは試すことができた。

天領廓大が均衡した状態だと、どれほどの影響があるのか理解できたのは大きい。

今後も天領廓大を習得している者たちと戦うことも増えていくだろう。

次の相手が誰であろうとも負けるわけにはいかない。

「それで、お前はどうするんだ？」

アルスが最後に声をかけたのは、ずっと戦いを見守っていた〝廃棄番号Ｎｏ.Ⅴ（アンチテーゼナンバーファイヴ）〟だ。

彼は頭を深々と下げる。

「失礼させていただきます。敵対する意思はございません」

「そうか……なら、行っていいぞ。戦う意思のない奴を殺す趣味はないからな」

「感謝します。それでは、また何処（どこ）かで」

もう一度、頭を下げてから〝廃棄番号Ｎｏ.Ⅴ（アンチテーゼナンバーファイヴ）〟は去って行った。

最後の最後まで何を考えているのかわからなかったが、ずっとアルスの戦いを見ていたということは何かしらの情報を集めていたのは確実だろう。

「次はギルドを設立して、魔王への挑戦だな」

いつ襲撃されるのか、わからない不確定要素の未来を気にするよりも、確実に進むべき道が存在するのだから、今は〝廃棄番号Ｎｏ.Ⅰ（アンチテーゼナンバーワン）〟の情報も含めて頭の片隅に置いておくべきだろう。

「まだ高域だって踏破してないからな」

やるべきことは沢山ある。

まずはギルドの設立、次いで魔王への挑戦を目指す。

幽閉されていた頃とは違う。

自由を得た今は好きなように時間を使えるようになった。

「焦る必要はない。楽しんでいくか」

＊

「キリシャ……俺が手に入れたい世界がこれだ」

草原に仰向け（あおむ）になった魔王グリムは崩壊していく虹色の空を眺めていた。

美しい光景だ。

選ばれた者だけが手に入れられる景色。

果ての見えない草原だけが延々と広がっている。

どこまでも穏やかな風が吹く、美しい世界だった。

「うん！　グリちゃんなら必ず手に入れられるよ！」

横になるグリムの隣に腰を下ろしたキリシャは笑顔で告げる。

「絶対に手に入れてみせるさ。〝廃棄番号Ｎｏ・Ⅰ（アンチテーゼナンバーワン）〟が動いているなら、近いうちに姿を現すだろうしな」

グリムは上半身を起こすと傷の痛みで顔を顰（しか）めた。

そんな彼の背中をキリシャは支えるが、グリムはその頭を軽く二度叩（たた）いた。

「介助は必要ねェよ。それよりも傷が治り次第、深域に行くぞ」

「えぇ……危険じゃない？」

「今回は反省点ばかりだ。アルスがいなけりゃ確実に俺たちは殺されていた」

「それで深域で修行なの？」

「ギルドメンバーの戦力の底上げも目的だが、それ以上に俺自身のためだ。深域にはシュラハトがいるはずだ。あいつなら天領廓大について何か知ってるだろ」

「それならアルちゃんに聞くのはダメなの？」

キリシャに指摘されて、グリムは複雑な表情を浮かべる。

アルスに頭を下げて教えを請うことも、グリムは考えなかったわけではない。

しかし、アルス相手に頭を下げるのは自尊心が砕け散る可能性が高い。

他にも理由はあった。

「あいつは天才肌すぎて他人に教えるのが絶対に下手だろ」

「あぁ～……確かにそれは言えてるかもね」

キリシャが深く同意するのを横目に、グリムは天領廓大を解除したアルスに視線を送った。

「あいつの育った環境はあまりにも特殊すぎる。同じ真似(まね)なんてできねェし、今更やったって意味はないだろうからな。それならシュラハトの野郎に頭を下げて教えを請うたほうがいいってことだ」

キリシャの頭を乱暴に撫でてから、自身の得物を杖代わりにしてグリムは立ち上がる。

「もう、グリちゃん！　またキリシャの髪の毛ぐしゃぐしゃにして！」

ぷりぷりとキリシャが怒れば、グリムは笑いながら天を仰ぎ見た。

あの幻想的な世界はもはや消え去ったが、瞼に焼き付いている。

目を閉じれば、その鮮明な姿が思い浮かんできた。

グリムが目指すべき場所だが、そこは最終地点ではない。

「天領廓大の先——シュラハトの野郎は知ってやがんのか？　それともアルスだけが知る情報なのか……少し探りをいれる必要がありそうだな」

アルスが夢物語を語っているとは思えなかった。

あの発言は確実に何かを視た——確信を得られた者だけが持つ自信に満ち溢れていたのだ。

それにアルスは〝魔法の神髄〟である。

情報の確実性は魔法協会や聖法教会に匹敵するか、それ以上のものだろうとグリムは思っていた。

「俺も天才だとか神童と言われたもんだが、本物を見ると恥ずかしくて名乗れないな」

グリムも神童と謳われた時期があり、魔王の座についたのも史上最年少である。

けれども、アルスを見ていれば記録は塗り替えられるだろうし、どこまで先を見据えているのかわからない頭脳は、まさに神童と呼ぶに相応しい。

「現に〝廃棄番号Ｎｏ．Ⅲ〟をあっさりと倒しやがったからな」

「アルちゃんの力って底知れないよね。自分自身でも把握できてないんじゃないかな」

「苦戦したことがなさそうだからな」

人間は自らの限界に気づくことがある。

この限界は、身体的なものである場合もあれば、精神的、感情的なものまで様々だ。

例えば、過酷な挑戦に直面したときや、困難な状況に立ち向かったとき、自分の可能性の限界に迫ることができる。

しかし、アルスの場合は未だ困難に直面した様子が見受けられない。

まだ力に余裕があるような、そんな素振りさえ窺えるほどである。

だから、アルスは自分の力を自覚できていないので、勝っている場合であっても自身の評価を下げるような奇妙な反応を時折示すのだ。

「だが、今後は自分の力が自覚できるような戦いばかりになるだろうな」

誰もが放ってはおかない。既にその兆候はあった。

今回の戦いの話も、どこからか必ず漏れてしまう。

少なくとも〝魔都ヘルヘイム〟の女王ヘルは、どのような手段かは不明ではあるが、〝廃棄番号〟の喪失を確実に把握することだろう。

確実にアルスの周囲は騒がしくなる。

魔法都市に戻ってからも大変だ。

〝廃棄番号（アンチテーゼ）〟の討伐、〝魔物行進（モンスターパレード）〟の阻止、様々な話題を引っ提げて帰還するのだから、羨望と嫉妬、好奇心に溢れた視線に晒（さら）されることになるだろう。

そんな状況でギルドを設立すれば、他のギルドから抗争を仕掛けられる可能性は高い。

人数が揃（そろ）っていない内に潰しておこうと考える陰湿な連中はどこにでもいる。

弱腰の二十四理事（ケリュケイオン）が表立って動くことはないと思うが、それでも傘下ギルドに命じて裏工作ぐらいのことはするはずだ。

「まあ、アルスのことだからそれさえも楽しむのかもしれないがな」

理不尽な目に遭うのであれば手助けしてもいいだろうが、アルスの場合は余計なことをすれば、ありがた迷惑にもなりかねないので慎重に見極めなければいけないだろう。

「ちっ、面倒なことに借りばっか増えていきやがるからな。キリシャ、しばらくは二十四理事（ケリュケイオン）の情報とか、あいつらに流してやれ」

「うん！」

キリシャの返事を聞いてから、グリムはアルスの下に向かう。

「はっ、恩を押しつけて借りを返していかなきゃな」

乱暴な言葉使いとは裏腹に、グリムの声音は弾んでおり、喜色が滲（にじ）んでいることにキリシャは気づいていた。

＊

白狼（フェンリル）に触れていた手を離してから、女王ヘル――魔王リリスは話しやすいように距離をとった。

「終わりましたわね」

「見事な戦いだった。〝黒き星（フラヴン・アース）〟――いや、〝魔法の神髄（ミーミル）〟は十分に資格があるようだ」

白狼（フェンリル）と共に戦いの一部始終を見ていたリリスは満足げに頷（うなず）いた。

「ええ、ですが、メル様も直接戦って資格があることを確認されたではありませんの」

「再確認だ。戦ったのは一度だけだが〝魔法の神髄（ミーミル）〟は、魔力を隠すのが巧みすぎる。それに、振れ幅が大きいせいで、いまいち強さを実感しにくい」

幼少時から特殊な環境下――それこそ、下手に魔力を解放すれば殺されるような状況に置かれていたのかもしれない。少なくとも完全に魔力を押さえ込んでいれば安全を確保できる環境下にあったのは間違いないだろう。だから、意識してやっているのかわからないが、アルスが巧みに魔力を隠すせいで読み違えて見下す者は多いはずだ。

「〝廃棄番号（アンチテーゼナンバー）Ｎｏ．Ⅲ（スリー）〟はそれなりに戦える者だったのだろう？」

「それはもう、うちから勝てる者を出すとするなら〝六欲天(シュテルン)〟は確実にださないといけませんわね」

「それが、〝魔法の神髄(ミーミル)〟に傷一つすらつけられないとは、〝廃棄番号Ｎｏ．Ⅲ(アンチテーゼナンバースリー)〟は天領廓(てんりょうかく)大(だい)の習熟度が低かったということか」

「そうではありませんわ。ただただ〝魔法の神髄(ミーミル)〟が全てにおいて上回っていたということなんでしょう」

「〝原初〟のギフトの所有者なだけあるということだな」

「実に美しく、壮大で、見事な天領廓大を〝魔法の神髄(ミーミル)〟は披露してくれましたの」

「〝魔法の神髄(ミーミル)〟の実力を無事に引き出せた〝廃棄番号Ｎｏ．Ⅲ(アンチテーゼナンバースリー)〟は見事に役目を果たしたというわけだな」

「ええ、十分な情報を手に入れることができましたわ」

「だが、それほどの実力があったのなら、〝廃棄番号Ｎｏ．Ⅲ(アンチテーゼナンバースリー)〟を捨て駒にしたのは勿体(もったい)なかったのではないか？」

「確かに勿体なかったかもしれませんが……〝魔法の神髄(ミーミル)〟が何処を目指しているのか、それを知ることができたので十分に元は取れていると思いますの」

「〝廃棄番号Ｎｏ．Ⅰ(アンチテーゼナンバーワン)〟は問題ないのか、一応はそいつの部下なのだろう」

「〝廃棄番号(アンチテーゼ)〟は仲間意識が希薄ですので、番号が減ったからと言って特に何も思うところはないかと……逆に彼もまたあの光景を見ていたでしょうから、無闇矢鱈(むやみやたら)に〝魔法の神髄(ミーミル)〟に突撃しないかどうかだけが懸念ですわね」

「そういった理由があるなら問題あるまい」

納得したように深く頷いた白狼(フェンリル)に、魔王リリスは別の話題を向けることにした。

「それで千年前の生き証人からすれば、〝魔法の神髄(ミーミル)〟の発言──天領廓大についてはどこまで信憑性(しんぴょうせい)がありますの？」

「相当なものだと言っておこう。あれは年齢の割には聡(さと)すぎる──いや、好奇心が強すぎるのかもしれんな」

過去に同じ道を歩んだ者は一人だけいたが、明らかにアルスはそれよりも過酷な道を選ぼうとしている。

「せっかくの〝原初〟のギフトだ。ここで失うのは痛いだろう。〝魔法の神髄(ミーミル)〟が突き進む道は危ういと思うが……放任しておいていいのか？」

そんな悩む白狼(フェンリル)の問いかけに対して、陶器のように白い人差し指を細い顎に添えた魔王リリスは蠱惑的(こわくてき)に微笑(ほほえ)む。

「ん～……やっぱり放任ですわね」

「理由を聞いてもいいか？」

「思考を誘導する程度ならいいでしょうが、意思決定にまで介入するのは非常に面倒な事態を招く恐れがありますもの。それに〝原初〟のギフトが開花したのは、あの好奇心があったからこそで、その積極性を奪ってしまったら彼の熱意は一瞬で消え去ると思いますの」

「確かに魔法に関しては異様な執着心を見せているようだからな」

「ええ、だから望む物を定期的に与えながら、やる気をださせるしかありませんわね。わたくしの計画を成就させるためには彼に潰れてもらったら困りますの」

「そなたの計画が成功することを祈っている。一度破綻しかけていたようだがな」

「そうですの。〝廃棄番号Ｎｏ・Ⅲ(アンチテーゼナンバースリー)〟は口が軽いのはいけませんわ。まさか〝廃棄番号Ｎｏ・Ⅰ(アンチテーゼナンバーワン)〟の存在を洩(も)らすとは思いませんでしたの」

「特に隠していたわけではないのだろう？　なにより、そなたの名前が明かされなくて良かったと思うべきだろう」

「その心配はありませんの。ただ〝魔法の神髄(ミーミル)〟が〝廃棄番号Ｎｏ・Ⅰ(アンチテーゼナンバーワン)〟を探すような無鉄砲な人物じゃなくて安心しましたわ」

「さっき言ったように、あれは聡い子だ。策士策に溺れるとも言う、足を掬(すく)われないように気をつけろ」

「ふふっ、せっかくメル様が心配してくださいましたので、今後は慎重に行動しておきますわ」

嬉しそうに手を一度叩いてから華が綻ぶようにリリスの表情に笑顔が咲く。

「メル様のほうも順調ではありませんか？　白の少女は満足いくものでしたか？」

「〝廃棄番号No.Ⅵ〟程度では物足りなかったが、それでも力の一端は見ることができた。それよりも中級魔族たちが足止めにすらなっていなかったが良かったのか？」

「〝廃棄番号No.Ⅵ〟もそうですが、彼らの役目は余計な邪魔が入らないようにするための時間稼ぎ、ちゃんと務めは果たしておりましたから問題ありませんの」

リリスの説明を受けて白狼は頷くと、改めて視線をリリスに向けた。

「……それで、今後はどうするつもりだ？」

「さて、これからどうするべきかですか……難しい質問ですわね。まだまだ試したいことは多いのも確かですの」

「何を企んでいる？」

リリスは妖艶な笑みを浮かべていた。

彼女は興奮すればするほど、考えれば考えるほどに色気が増していくのである。

「〝廃棄番号No.Ⅲ〟では完全に〝魔法の神髄〟の実力を引き出すことは敵いませんでしたの。もう一度、同等の力を持つ者、あるいはそれ以上の者をぶつけるのも楽しそうだなと思っただけですわ」

「また〝廃棄番号〟を動かすのか？」

「さすがに同じ手は飽きさせてしまうでしょうから、次の舞台は魔法都市にすれば素敵な物語を紡げそうですわ」

「ギルドを設立するそうだしな。その時に介入したほうが、そなたもやりやすかろう」

白狼（フェンリル）の提案にリリスは小さく頷く。考えていたことの一つだったからだ。

魔都もそうだが、魔法都市もまた自身の庭だ。

普段のリリスは魔都の女王として姿を隠しているので、その行動の多くに制限がかかる。しかし、舞台が魔法都市になれば第二冠としての権力を最大限に生かすことができ、姿も隠さず大々的に動ける。

「メル様の気になる白の少女――聖法教会の〝聖女〟もまた魔法都市にいますから、情報をお渡しできますよ」

〝魔法の神髄（ミーミル）〟を使って、まだまだ楽しめることは多い。

白狼（フェンリル）もまた白の少女に夢中のようだし、巻き込んでもいいだろう。

「ですが、メル様はいいのですか？」

「何がだ」

白狼（フェンリル）はきょとんと目を丸くしてリリスを見てくる。見た目とは裏腹に愛らしい仕草に、くすりと微笑んでからリリスは口を開いた。

「今世の〝聖女〟が〝黒き星（フラヴン・アース）〟の傍（そば）にいることですよ」

「不思議な縁だとは思うが、それもまた運命なのだろう。余計なことをして、糸が絡むのは避けたい。このまま見守っていくべきだ」

「メル様がそのつもりなら、わたくしからは一切手を出すつもりはありませんわ。心変わりをして協力が欲しくなったら言ってくださいな。わたくしはいつでもあなたの味方になりますわ」

「その時はよろし――ッ!?」

白狼(フェンリル)は途中で口を閉じると慌てた様子で立ち上がった。

そのただならぬ気配にリリスもまた警戒したように周囲に目を配る。

一瞬にして弛緩(しかん)していた空気が張り詰めてしまう。

「……メル様、一体なにがありましたの？」

白狼(フェンリル)の慌てた姿は非常に珍しい。

そのことから危険な状況なのだとリリスは察した。

周囲の警戒を怠らずに白狼(フェンリル)に声をかけたが返答はない。

やがて、白狼(フェンリル)は緊張した様子でゆっくりと口を開いた。

「……〝聖女〟に気づかれた」

言葉の意味を呑(の)み込めるまでリリスには長い時間が必要だった。

「は？」

それでも飛び出た言葉は否定でもなく、肯定でもなく、ただただ息を吐いたような間抜けな声だけ。

「……………我に触れるか、いつものように覗いてみるといい」

「身体に触れさせていただきますわ」

嫌な予感がしたリリスは白狼に腕を伸ばすと、手触りの良い銀毛を撫でるように触れた。

瞼を閉じれば白い光に照らされて、不思議なことに視界が開けてくる。

まるで魂が抜けたような感覚に支配されながら、リリスは白狼が緊張していた理由を知ることになった。

「我が驚いていた理由を理解できたか？」

「……ええ、わかりましたわ」

開けた視界の中で、銀髪の少女が〝廃棄番号Ｎｏ．Ｖ〟を踏みつけていた。

しかも、驚いたことに視線がリリスと絡み合っている。

「あちら側に見ていることを気づかれているんだ」

「どういうことですの？　ギフト【光】にはそのような能力が？」

まさか見えているはずがない。と、リリスは否定したかったが、明らかに銀髪の少女と視線は、リリスや白狼を捕らえるように向けられていた。

「しかも〝廃棄番号Ｎｏ．Ｖ〟も捕まったようだぞ。殺されてはいないようだが……」

それでもなぜか彼女は捕らえた〝廃棄番号（アンチテーゼ）〟ではなくこちらに視線を向けてきていた。

「……向こうから、こちらは見えていますの？」

「それはない。ただ我々の気配を感じているだけだと思うが……ギフト【光】も特殊だからな。神々でさえも把握していなかったと言われていたのだ」

「つまり、こちらの姿が見える能力があってもおかしくはないと？」

「さすがにないとは思うが、完全に否定はできないところだな」

「……彼女の認識を改める必要がありそうですわ」

ギフト【光】もそうだが、〝聖女〟の正体を知っているから油断していたのもあった。

相手の秘密を握ったつもりが、

「ふふっ、泳がされていたという可能性もありますのね。それにしても覗かなくて正解でしたわ」

少しばかり遊びすぎたのかもしれない。

先日の〝魔物行進（モンスターパレード）〟から始まった今回の〝廃棄番号（アンチテーゼ）〟の襲撃、この一連の流れはリリスが落とした痕跡に気づいた者だけが答えに辿（たど）り着けるように細工していた。

「おそらく彼女はわたくしの正体に辿り着いた――その可能性は高いと思ったほうがいいかもしれませんわね」

「聖法教会のことを甘く見過ぎたのかもしれんな」

白狼(フェンリル)に言われてリリスは苦笑する。

見下していたのは事実なので反論ができなかったのだ。

監視されていることに気づいており、周囲にも探りをいれてきているのは知っていた。

けれども、リリスは聖法教会など取るに足らない存在だと放置していたのだ。

その結果が今の状況を招いているのであれば自身の驕(おご)りを起因としたものだろう。

「わたくしの正体までは気づいていないことでしょうし、気づいていたとしてもこちらも彼女の秘密は握っていますの」

「ほどほどにな。彼女と敵対するのであれば、わかっているな?」

白狼(フェンリル)から放たれる重圧を感じて、リリスは苦笑してから頷(うなず)いた。

「少し戯れる程度のこと、決して傷つけたり致しませんわ」

それでも不安そうな瞳を向けてくる白狼(フェンリル)の首を一撫でしてからリリスは身体を離す。

「そんな顔をしなくても大丈夫ですの。ご安心くださいな。だから、メル様も一緒に楽しみましょう」

さてさて、もっともっと楽しくなりそうだとリリスはその場でくるりと回ってみせたのだった。

＊

「ユリア様、如何なさいました？」

エルザに声をかけられたユリアは視線を空から地上へと落とした。

「いえ、何か見られているような変な気配を感じたものですから……」

ユリアの言葉を受けてエルザは彼女が先ほど視線を投げていた先を見る。

「〝魔都ヘルヘイム〟がある方角ですか。アルスさんたちは着いている頃かもしれませんね」

魔族を捕らえた後、エルザと合流したユリアは先にアルスたちを帰していた。

「そうですね。途中で魔物を狩ったりしていないか気になるところではありますけど」

怪我人であるグリムが一緒だから無茶はしないと思いたい。

けれども、グリムもグリムでどこか頭のネジが一本外れているため、下手をしたら暴走している可能性は高い。頼みの綱はキリシャになるが、あの娘も少しばかり無茶しがちであるから頼りにはならなそうだ。

「カレンたちもやはり呼んでおくべきでしたか？」

〝廃棄番号〟たちとの戦いが終わった後、キリシャのギフト【幻獣】が召喚した幻想鳥で援軍は必要ない旨の手紙を送ったのだ。しかし、エルザだけはカレンたちよりも先行して出発していたので、すれ違うことになってユリアと合流することになった。

「いえ、逆でしょう。カレン様たちまで合流していたらアルスさんのことですから絶対に魔物を狩りながら帰っているはずです」

「かもしれませんね。さてと、そろそろこの方の処理を考えましょうか」

ユリアの足下に倒れているのは〝廃棄番号No.Ⅴ〟だ。

逃げないようにユリアは足に力を込めて彼の首を圧迫する。

苦痛で顔を歪ませながら意識が落ちた〝廃棄番号No.Ⅴ〟を眺めながらユリアは横目でエルザを見る。

「それで中級魔族たちはどうしました？」

「生かして捕らえておきました。後ほど回収に来るはずです」

「そうですか、なら、この者も回収するようにヴェルグさんに伝えておいてください」

「かしこまりました。ですが、〝廃棄番号No.Ⅴ〟はアルスさんが逃がしていたようですが、よろしいのですか？」

「だから、見逃しても良かったんですが、変な感じがしたので……例の物を施すらしいので、それが終わったら解放するように伝えておいてください」

「ユリア様は本当に女王ヘルと魔王リリスが同一人物だと思うのですか？」

「証拠はありませんが、確実に同一人物だと思っています」

「なぜ、そう思われるのですか？」

エルザは不思議そうな表情だ。なぜ、言い切れるのか理解できないのだろう。

「いくつか理由はあるんですが、一番は先日の〝魔物行進(モンスターパレード)〟と今回の〝廃棄番号(アンチテーゼ)〟の襲撃が似通っている点でしょうか」

どちらも〝魔都ヘルヘイム〟を目標として進んでいると噂(うわさ)されていた。

問題の解決に〝魔都ヘルヘイム〟は兵を一切ださずに、どちらも討伐したのは外様(とざま)であるアルスたちである。

「それに祝賀会を開くという名目で、私たちは魔都の外にでることもできなくなりましたから、それができるのは魔都の支配者である女王ヘルだけです」

ようやく外出の許可が下りて、アルスが狩りに出掛けたら現れたのは魔王リリスである。

確かに魔王たちは神出鬼没であるが、あまりにもタイミングが良すぎた。

「〝聖騎士派〟に頼んで調べてもらいましたが、私たちのことを探っている魔族がいたそうです」

しかし、魔都において法律は他種族よりも魔族が優先される。だから捕まえたとしてもすぐに解放しなければならず、時間の無駄だと悟ったヴェルグたちは監視を放棄することにした。

「なるほど、それで〝廃棄番号(アンチテーゼ)〟を捕まえたというわけですか、彼らなら魔都も解放しろと強気にはでられませんからね」

〝廃棄番号(アンチテーゼ)〟は魔都を追放された者たちで、囚人番号を与えられて街の外に放逐される。

また〝失われた大地〟に許可なく戻ってきた場合は死刑囚となってしまう。

そして、生殺与奪は〝廃棄番号(アンチテーゼ)〟の討伐に参加した者の中から活躍した者へと与えられる。

「ええ、あとは魔都と交渉して彼らの身柄を買い取ってもらうか、そのまま〝失われた大地〟から人類圏に追い出すかの二択だったんですが、聖法教会は第三の選択を生み出したそうです」

ヴェルグから例の物とやらの詳細こそ聞いていないが、碌(ろく)なものではないだろう。

エルフは基本的に他種族を排斥する傾向にある。自分たち以外の種族は認めていないのだ。ならば、魔族なんて認めていない彼らが何をするかなど想像するのは容易(たやす)い。

「しかし、魔都が周囲を探ってきているのなら、ユリア様はあまり特区には近づかないほうがよろしいかもしれませんね」

「いえ、女王ヘルは頭の良い女性だと聞いています。きっと私が〝聖女〟だという証拠を摑(つか)んでいると思いますよ」

「大丈夫なのですか？」

「せっかく私の弱みを握ったのですから、周辺諸国に流布するような勿体(もったい)ない使い方はしないでしょう。どこかで接触してくるはずです」

「……それまでに女王ヘルの弱みを握っておく必要があるわけですね」

「あればいいですけどね。ですが、そう悲観することはありませんよ」

「何か考えがあるのですか？」

心配そうに問いかけてくるエルザにユリアは安心させるように微笑を向ける。

「切り札というものは消費期限があるんですよ。相手がそれに気づいているのであれば、どうとでも料理ができるかと思います」

エルザの言葉にユリアは頷く。

同時に視界の端でエルフの集団がこちらに向かってくるのが見えた。

「祝賀会が楽しみですね。必ず女王ヘルは接触してくるでしょうから……」

腹の探り合いとなるだろう。

どういった態度で現れるのか、楽しみだと言わんばかりにユリアは笑顔になった。

エピローグ

〝失われた大地〟の高域三十区にある〝魔都ヘルヘイム〟。

双子山の麓に築かれた城塞〈美貌宮殿（シエンペルマ）〉は、その壮大な姿と美しい建築で周囲の景観に溶けこんでいる。

雄大な山々の景色と調和し、壮麗な城塞はまるで物語の舞台から飛び出してきたかのような趣を醸し出している。

その外観は、白亜の塔や赤い薔薇（ばら）の咲く蔓（つる）で飾られた壁、宝石のように煌（きら）びやかに磨き上げられた屋根で彩られていた。

まさに魔族の繁栄の象徴とも言える美しさを〈美貌宮殿（シエンペルマ）〉は放っている。

その中庭には、美しい花々や噴水が配置され、一見するだけで心を奪われるような風景が広がっている。

そんな〈美貌宮殿（シエンペルマ）〉はいつもなら静謐（せいひつ）な雰囲気に包まれているのだが、今日はどこか熱気のようなものが混ざっていた。

その原因が何処（どこ）にあるのか探せば、〈美貌宮殿（シエンペルマ）〉の広間に辿り着く。

晴れた日差しが広間の吹き抜けを通して降り注いでいる。

高い天井にはシャンデリアが輝き、壁には美しい絵画が飾られており、それらを引き立てるかのように壮麗な調度品が壁際に配置されて豪華な雰囲気が漂っている。

大理石の柱が部屋を支え、床には絢爛たる深紅の絨毯が敷かれていた。

そんな広間では現在、祝賀会が開かれていた。

来賓たちはそれぞれが華やかな衣装を身にまとい、楽しいひとときを過ごしている。

今日はアルスたちの活躍を祝う日であった。

立食形式であり、堅苦しい雰囲気もなく、和やかな時間が流れ続けていた。

アルスもまた豪華な食事に舌鼓を打ちながら初めての祝賀会を楽しんでいる。

「魔都側は女王以外は参加してないんだな」

祝賀会の参加者のほとんどが人族なのを配慮されているのか、給仕以外で魔族の姿は認められない。

それでも女王の護衛だけは選りすぐりの者であるようで、様々な箇所で待機している上級魔族からは猛者の雰囲気が漂っていた。

「いやいや、女王が参加するだけでもすごいことなのよ」

カレンは紅いドレスを着用しており、まるで夕焼けに染まった空のように美しく輝いていた。

その鮮やかな紅色は、周囲の目を引きつけるほど美しい色合いをしている。

滑らかな生地で作られたドレスはカレンの身体にぴったりとフィットしており、胸元から広がるスカートは、優雅に揺れながら彼女の足元を飾っている。

まるで薔薇のようにカレンは美しく、その存在感は周囲の視線を独占していた。

「そうなのか？」

「みたいですよ。人前にでてくること自体珍しいことみたいです」

カレンの代わりに答えたのはユリアだ。

絹のような銀髪をなびかせ、白い肌がシャンデリアの明かりを反射している。

その美しい身体を包み込んでいるのは、なぜかいつもと同じ服装だった。

それでも、ユリアの美しさは決して霞むことはない。元より容姿が優れているのもあるが、普段の服装には貴重な素材が豊富に使用されており、細工師が造り上げた見事な装飾が彼女の美貌を一層際立たせているからだ。故に、周りをドレス姿の女性陣に囲まれていても見劣りすることはなかった。

「それにしてもアルスのスーツ姿も良いものですね」

「そうか？」

「はい、非常に似合っていますよ」

アルスの服装はさすがに冒険者仕様はマズいということで急遽購入したものだ。

深い漆黒のスーツは洗煉された優雅さと品格が漂っている。

見るだけで高品質な生地で仕立てられていることがわかるほど、微かな光沢が上品さを際立たせていた。

ジャケットはアルスの身体に丁度合っていて、肩から流れる線がアルスの体格を更に引き締める役割をしていて美しく引き立てている。

「ユリアとカレンは今日も綺麗だな」

アルスは服装で二人を褒めるのは避けた。

なぜなら、ユリアがいつもと同じ服装なので、ドレス姿のカレンと比べると優劣の差が生まれてしまうから。個別に褒めればユリアの機嫌を損ねてしまう可能性が高い。

故にユリアとカレンを一緒に褒めたのだ。

結果は、二人の表情を見れば間違っていなかったのは確かだろう。

非常に危なかった。

選択を間違えていたら、また罰としてカレンに何か買わされるところだ。

「私はいつもと変わりませんけど……アルスは本当に優しいですね。ありがとうございます」

「アルスにしちゃ気が利いてんじゃない」

少しばかり褒めるのが遅かったかもしれないが、二人は特に気にした様子もない。

むしろ、アルスに褒められた二人はまんざらでもなさそうな顔をしていた。

「あっ、いたいた～！」

騒がしい声に振り向けばキリシャが駆け寄ってきた。

彼女の装いはドレスではなく、派手でもなく地味でもないワンピースだ。

よく似合っているのは間違いない。

その証拠にユリアとカレンの目尻がキリシャの可愛らしさに負けて垂れている。

「何か用か？」

「うん、そろそろ帰るから挨拶しておこうって思ってね」

実は〝マリツィアギルド〟の代表としてキリシャは今回の祝賀会に参加していた。

グリムが怪我の治療で参加できなかったからだ。

〝魔都ヘルヘイム〟側も事情を察して、不参加だとしても文句を言われることはなかった。

ノミエとガルムの二人も静養しているらしく、今日の祝賀会には参加していない。

だから、キリシャは早く三人の下に帰りたいのだろう。

察したアルスは特に理由を尋ねることもなく、彼女を見送ることにした。

「気をつけて帰れよ。まあ、魔都側が送迎してくれるから問題ないと思うが……」

ちなみにレギとシギのドワーフ姉妹はとっくに会場にはいない。

こんな堅苦しいところで食べても味がわからないとか言いながら、大量に食べてから満足そうに帰っていったのである。

「うん！　それじゃ、また宿屋で会おうね！　ユリちゃん、カレちゃんもまたね！」

こちらの返事も聞かずに、キリシャは大きく手を振って出口に駆け出していった。

相変わらず騒がしい娘だと思っていれば、新たな影が近づいてくるのがわかった。

そちらにアルスが視線を向ければ、フードを被った女性が眼前までやってきた。

「はじめまして、本日の祝賀会は楽しんでいただけていますか？」

女王ヘルだ。

その素顔は隠されていてわからないが、その声質は骨が溶けそうなほど甘い。

「ああ、楽しませてもらっているよ。こんな贅沢させてもらって悪いな」

「いえいえ、〝魔物行進〟を食い止めていただきありがとうございました。本当なら色々と差し上げたいところではあったのですが、他国との兼ね合いもあり食事を提供することぐらいしかできませんでした」

「いや、別に問題ないよ。政治的な事情なら仕方ないだろうからな」

「本当に助かりました。よろしければ、今後も仲良くしてほしいです」

「こちらこそだな。これからも〝魔都ヘルヘイム〟には世話になるだろうから、よろしく頼むよ」

アルスが手を差し出せば、女王もまた手を握ろうとするも――、

「あっ……!?」

身体の線を隠すほどのローブを着ているせいか、彼女は裾を踏んで転びそうになっていた。

アルスが腕を差し伸べれば、女王はアルスの胸元に飛び込んでくる。

「す、すいません」

「いや、転ばなくて良かったよ。この状況で床に倒れられたら、オレの責任になってたかもしれないしな」

「決してそんな理不尽なことはしません」

女王はアルスの身体に触れてから離れていった。

「失礼しました」

「気にする必要はないよ」

「では、他の方に挨拶をしてきますので、これで失礼させていただきます」

女王が去って行けば黙って眺めていたカレンが近づいてくる。

「意外と腰が低いのね。魔族の親玉だし、女王さまってぐらいだから、もっと偉そうで我儘な人を想像してたんだけどな」

「猫を被っている可能性もあると思いますよ」

と、言いながらユリアがアルスに近づいてきた。

「あら、今日のお姉様は辛辣ね。女王さまとお姉様って雰囲気似てるから、やっぱりキャラが被って同族嫌悪みたいな感じ？」

「ふふ、そんなことで言いませんよ。ただの勘です――とっ、アルス、ゴミがついてるので動かないでくださいね」

「すまない。どこだ？」

ユリアがアルスの襟元に指先を這わせるも、すぐさま離れていった。

「取れましたよ。では、ゴミを捨ててきますね」

「悪いな」

いいんですよ――その一言を残してユリアが露台がある方向に去って行く。

そんな彼女の背中を見て、アルスは奇妙な違和感に気づいたが、

「シオンさん。ここは宿屋でもないし、家でもありません。祝賀会です。なぜ、食事を抱え込むのですか、皆さんの迷惑になるので独占はやめてください」

「う、その……い、いや、その美味いから……だって、美味いんだ……」

エルザがシオンに説教をしている声が聞こえてきた。

今日の彼女は私服でもドレスでもなく、なぜか〈灯火の姉妹〉で着ているメイド服を着用していた。

なぜか今回の祝賀会での給仕役を願いでたのだ。

もちろん、理由はアルスの世話をするためにである。

しかし、残念ながら食べたことのない料理が並んだことで、シオンが暴走したことから
エルザはずっと彼女専属の状態になっていた。
しかし、メイド服はさすがに祝賀会で浮くかと思ったが、〈美貌宮殿〉には大勢の使用
人がいるせいか、特に浮いているわけでもなく、むしろ上手く溶け込んでいた。
シオンに限ってはいつもの服で、彼女曰くドレスは窮屈で食事をしにくいそうだ。
そんな二人に意識を持っていかれたアルスだったが、改めてユリアが去って行った方向
に視線を戻した。しかし、既に彼女の姿はそこにはなかった。
「アルス、どうしたの？」
カレンに声をかけられたアルスだったが肩を竦める。
「いや、なんでもないよ」

＊

月が夜空に優雅に輝き、その静かな光が周囲の景色を包み込んでいた。
〈美貌宮殿〉の露台から眺める景色は、夜の神秘と静寂に満ちていて、その美しさは見る
者の心を静かに癒やすのだろう。
だが、その静寂を打ち破るように、ユリアが無造作に露台に足を踏み入れた。

彼女の足音は静かに響き、月明かりの下でユリアの姿が影を作り出す。
しかし、露台には既に先客がいた。
フードを被って素顔を隠しているその人物からは、強大な魔力と気品が漂っている。
その存在感から、彼女が魔都の支配者であることが容易に理解できた。
「ようこそ、〝聖女〟さん」
第一声、確信を持って放たれた言葉はユリアの心を揺さぶることはなかった。
ある程度は予想していたからだ。
だから、ユリアもまた同様に確信を持って返答する。
「はじめまして、魔王リリスさん」
切り札というものには消費期限が存在する。
使い所を誤ると大きな失敗を招くこともあるものだ。
しかし、絶妙な時機であれば、相手に大きな衝撃を与えることができる。
では、今回はどうだろうか、女王に大きな損害を与えることができたか。
答えは――否だ。
月光の下、女王はフードやローブをあっさりと脱ぎ捨てた。
つまり、彼女の心を揺さぶることができなかったというわけだ。
「ユリアさんと呼んでもよろしくて？」

「構いませんよ」

「わたくしのことも、リリスと呼んでいただいて結構ですわ」

同意を示すようにユリアが首肯すれば、リリスは蠱惑的な笑みを浮かべながら露台の手摺りにもたれかかった。

「ユリアさん、いつから、わたくしの正体に気づいていましたの？」

「怪しいと感じたのは単独で高域に現れたと聞いた時でしょうか」

リリスは嬉しそうに何度も頷きながらユリアに先を促す。

「確信した理由は二つあります。一つは先程アルスと会話をしていた時ですね。あまりにも白々しく感じたんです」

「つまり、勘と言いたいんですの？」

思わず問い返してしまったリリスはすぐさま冷静になると、まだ一つ目の理由だと思い出して慌てて謝罪を口にする。

「話を遮って申し訳ありませんわ。二つ目の理由を教えてくださいな」

「ここに私を誘い込んだ第一声が〝聖女〟という言葉だったので、ああ、この方は切り札の消費期限を知っているのだなと思いました」

明日、明後日では駄目。

今日切らなければ価値を失うということ、だからリリスは急いで消費しようとしたのだ。

「それで、同等の切り札を使ったということですの？」

「ええ、明日になれば価値がなくなる切り札ですから使い時だなと思いました。これで今後はお互いの正体が露見することが弱点にはならなくなりますしね」

「素晴らしいですわ」

リリスは拍手を送ってくるが、ユリアは嘆息を返した。

「それで、アルスにこんなのまでつけて、私を誘い出したのはどういうつもりなんです？」

ユリアが手を差し出せば、指先に小さな虫がついていた。

「確か仲間に居場所を教える虫で高域に生息しているんですよね」

「そうですの。わたくしの可愛いペットの一つですわね」

「私が気づかなかったら、そのままアルスの動向を監視していたということですか」

「ええ、ですが、あなたは合格ですわ。ちゃんと見つけましたもの」

リリスは手摺りから離れると、ユリアに向けて手を伸ばしてきた。

「わたくしと手を組みましょう。お互いにとって悪くない話ですわ。彼を手に入れた後、たまになら〝魔法の神髄〟を貸してあげてもよろしくてよ」

そんなリリスに対して、ユリアの返答は指先の虫を彼女の前で潰すことだった。

「アルスを共有？　ふざけてますね。当然お断りします」

「わたくしと敵対するということでよろしくて？」

「ええ、アルスのことを理解できない方と手は組めません。あまつさえ物扱いするとは徹底的に潰しますよ」

ユリアは笑顔を向ける。どこまでも透明で美しい花のような笑顔だ。

ただその身は殺意に塗れていた。

そんなユリアの様子を見て、リリスは興味深い様子で目を細めて笑う。

「なるほど。なぜ、あなたがドレスを着てこなかったのか、理由がわかりましたの」

「どのような答えか教えていただいても？」

「わたくしと元より敵対するつもりだったのでしょう？　馴れ合うつもりはないという宣言なのでは？」

「よく理解できているではありませんか」

「ふふ、わたくしを虚仮にするとは……よろしいですわ。あなたを完全に屈服させてさしあげますの」

「こちらの台詞です。必ず後悔させてあげますね」

「本当にその表情を必ず歪めてみせますわ。アルスさんはわたくしがいただきますの」

挑発的に口角を吊り上げたリリスに対して、笑顔を浮かべているのにユリアの目は一切笑っていなかった。

あとがき

「無能と言われ続けた魔導師、実は世界最強なのに幽閉されていたので自覚なし 五」略して「むじかく五」は楽しんで頂けたでしょうか？

読者の皆様に楽しく読んで頂けていれば、空前絶後の喜びとなります！

そんなわけで、暖かくなってきましたね。

昔は秋が好きだったんですが、今の私は春が一番好きな季節になっています。なぜかわかりませんが、漠然と胸が躍ってしまい、妙に気分が高揚してくるんです。だから毎年、春の空気が大好きなので部屋の窓は全力全開です。

しかし、実を言うと、このあとがきを書いているのはまだまだ肌寒い時期でして、本巻が皆様のお手元に届くのは春だったりするので不思議な気持ちになってしまいます。

その頃の私は何をしているのか、きっと「むじかく六」を執筆しているのではないでしょうか、そんな未来を想像すると、あとがきは、ちょっとしたタイムカプセル的な感覚で楽しくなってきますね。だから、新生活を迎える方、環境が変わらないという方も、ぜひ一年に一度の春を堪能してください。

さて、本作についても語ろうと思います。

聖女と女王がついに邂逅しました。次巻から本格的に両者が対立していきます。

もちろん、その中心にいるのは無自覚なアルスですが、彼を取り巻く環境もまた激変していき、少年は新たな魔法と未知なる知識を求めて突き進んでいきます。

そして、白銀の少女はようやく——そんな感じで、六巻はわくわくとドキドキできる巻にしたいなと思うので、楽しみに待っていただけたら幸いです！

それでは残り行数も僅かとなりましたので、謝辞を述べさせて頂きます。

ｍｍｕ様、美麗で魅力的なイラストの数々は、執筆する上での原動力の一つであり、厨二心が大いに刺激され非常に捗りました。本当にありがとうございます。

編集Ｓ様、引き続き全力でご迷惑をおかけしましたが、どうか見捨てずに末永くよろしくお願い致します。そして、編集部の皆様、校正の方、デザイナーの方、本作品に関わった関係者の皆様、今後ともよろしくお願い致します。

読者の皆様、今作をお手に取り、読んで頂けたこと心より感謝とお礼を申し上げます。

今後も熱く滾るような物語を発信していきますので、応援よろしくお願い致します。

それでは、またお会いできる日を心待ちにしております。

奉

無能と言われ続けた魔導師、実は世界最強なのに幽閉されていたので自覚なし 5

発　行　2024 年 4 月 25 日　初版第一刷発行

著　者　奉
発行者　永田勝治
発行所　株式会社オーバーラップ
〒141-0031　東京都品川区西五反田 8-1-5
校正・DTP　株式会社鷗来堂
印刷・製本　大日本印刷株式会社

Printed in Japan ISBN 978-4-8240-0794-0 C0193

オーバーラップ　カスタマーサポート
電話：03-6219-0850 ／ 受付時間 10:00～18:00（土日祝日をのぞく）

作品のご感想、ファンレターをお待ちしています

あて先：〒141-0031　東京都品川区西五反田 8-1-5 五反田光和ビル4階　ライトノベル編集部
「奉」先生係／「mmu」先生係

PC、スマホからWEBアンケートに答えてゲット!

★この書籍で使用しているイラストの『無料壁紙』
★さらに図書カード（1000円分）を毎月10名に抽選でプレゼント!

▶https://over-lap.co.jp/824007940
二次元バーコードまたはURLより本書へのアンケートにご協力ください。
オーバーラップ文庫公式HPのトップページからもアクセスいただけます。
※スマートフォンと PC からのアクセスにのみ対応しております。
※サイトへのアクセスや登録時に発生する通信費等はご負担ください。
※中学生以下の方は保護者の方の了承を得てから回答してください。

オーバーラップ文庫公式 HP ▶ https://over-lap.co.jp/lnv/